アルファ皇子の宮中秘恋

小中大豆

22153

角川ルビー文庫

目次

口絵・本文イラスト／二駒レイム

アルファ皇子の宮中秘恋

その日の雪瑞春《せつずいしゅん》は、朝からずっと気持ちが昂《たかぶ》っていて落ち着きがなかった。

しかし、彼のそんな異変に気づく者は、職場には誰《だれ》一人としていない。

というのもこの瑞春、故郷では「白仮面」とあだ名され、皇城の秘書省に勤める今は同僚《どうりょう》たちから「石像」と揶揄《やゆ》されるほどに無表情だったからだ。

色白の細面《ほそおもて》、肌《はだ》は陶器《とうき》のように滑《なめ》らかで、頬《ほお》や唇《くちびる》は紅を刷《は》いたように赤い。肩《かた》から零《こぼ》れ落ちる黒髪《くろかみ》は艶《つや》めいており、三年前の科挙試験に合格し、進士《しんし》となった当時は、「雪佳人《せつかじん》」と呼ばれ、その容姿を一目拝もうと、宮中のあちこちから人が集まったものだった。

それが秘書省で働くようになってすぐ「石像」に変わったのは、彼が愛想笑《あいそわら》い一つせず、いつでもツンと澄《す》ましているからだ。

本人は特別、ツンケンしているつもりはない。物事に集中すると表情が乏《とぼ》しくなるので、周囲には澄ましていると取られてしまうのである。

あとは多分に、やっかみも含《ふく》まれているのだろうと、本人は思っている。

ともかくも、瑞春は端《はた》からはわからないけれど、朝からソワソワしていた。

いつもなら、終業の鐘《かね》が鳴っても仕事場に残っている。しかし、今日は鐘が鳴る前から、机の上の硯《すずり》や書簡を片付け始めた。

これには周囲も、何事が起こったのかとざわめいた。

「なんだ、雪。今日はやけに帰り支度《じたく》が早いじゃないか。女にでも会いに行くのか？」

近くにいた中年の同僚が、粘《ねば》っこい口調で言う。瑞春は表情を動かさず、「いえ」と素っ気なく答えただけだった。

「おいおい、そんな無表情では、せっかくの女も逃《に》げていくぞ。愛想笑いの一つもしてみろ」

女がいると決めつけて、絡《から》んでくる。面倒臭《めんどうくさ》いなあと、瑞春は内心で思った。

今はそれどころではないのだ。今日はとにかく、終業の鐘が鳴ると同時に帰りたい。

黙《だま》ってやり過ごそうとしたのだが、瑞春が何も言わないので男はますます絡んできた。

「なあ雪。お前は、世の中の仕組みをよくわかっていない。いいか？　お前は確かに秀才《しゅうさい》で、秘書省きってのキレ者だ。おまけに、男なのにそこらの女より顔がいい。だがそれだけでは駄《だ》目《め》だ。この世の中、特に身分の高い人たちが男に求めるのは、第二性だ。男と生まれたからには『上人《じょうにん》』でなければ」

周りの同僚たちも、そうだ、その通りだ、と追随《ついずい》する。

話が思いのほか長いので、瑞春はイライラした。もうすぐ鐘が鳴ってしまう。

「だから宮中で働く上級官吏《かんり》たちは、ほとんど皆《みな》『上人』だろう。なのにそなたは、この部屋で唯一《ゆいいつ》の――」

「ベータです」

男の言葉を遮《さえぎ》り、ぴしゃりと言った。その声があまりに冷たく厳しいものだったので、男ばかりか、周囲もシンと水を打ったように静かになる。

ちょっと、話の腰《こし》の折り方があからさまだったかな、と瑞春は反省したが、それより帰りたいという気持ちのほうが強かった。「ベータです」と繰《く》り返す。

「私はベータ。そしてあなたは『上人』ではなくアルファです。俗称《ぞくしょう》や差別的な名称で第二性を呼ぶべきではないと、皇帝《こうてい》陛下の勅旨《ちょくし》を賜《たまわ》ったのは先々代の御代《みよ》、今から二十四年も前のことです。いまだに市井《しせい》でこの俗称が用いられているとはいえ、皇城の官吏……それも帝《みかど》の詔《みことのり》を起草する我々《われわれ》が使用するのはいかがなものかと思います」

呼吸も乱さず、一息にまくし立てる。男が池の鯉《こい》のようにパクパク口を開閉している時、終業を知らせる鐘が鳴った。

「それでは、お先に失礼します」

男の脇《わき》をすり抜《ぬ》けて、職場を後にする。よかった、定時に帰ることができた。

そこからはもう、同僚のことなど頭になかった。早く城を出て、街に行かなくては。

今日は待ちに待った、あれの発売日なのだから。

人間には男女の性別の他《ほか》に、第二性と呼ばれる性別がある。

それが、阿爾法《アルファ》、貝塔《ベータ》、欧米茄《オメガ》の三種の性だ。

この芙《ふ》国ではかつて、別の呼称が用いられていた。先ほど瑞春の同僚が、アルファのことを「上人」と言っていたのが、それである。

ベータやオメガにも古来の名称があったが、それらは多分に差別的な意味合いを含んでいた。

ともすれば、蔑称《べっしょう》が原因で諍《いさか》いにもなりかねないため、今から二十四年前、先々代の皇帝の代に呼び名が改められたのである。

以来、第二性には、アルファ、ベータ、オメガという、西洋の古語に由来する名称が用いられている。

この半世紀の間に、西洋諸国が芙国をはじめとする東洋に次々と進出していることも、この名称が採用された一因だろう。

もっとも、名前を変えたからと言って、人々の根底にある性への偏見《へんけん》は、生半《なまなか》なことでは変わらないのだが。

ベータは芙国の全人口のほとんどを占《し》める。男性なら八割、女性はほぼ十割がベータだ。

女性の中にも、ベータ以外の性を持って生まれる者もいるが、身体《からだ》のどこかに障害を持って生まれるため、多くは大人になる前に亡《な》くなってしまうのだそうだ。

だから社会的にも、ベータ以外の性は男性のための第二性として認識《にんしき》されている。

アルファは全人口の一割強、それより少ないのがオメガだ。

アルファの男は身体つきが逞《たくま》しく、頭脳明晰《めいせき》な者が多い。そのため、アルファという性は英《えい》雄《ゆう》の性とも言われていた。

これと相対するように、蔑視されているのがオメガである。

彼らは男でありながら、男と交わって子を孕《はら》むことができる。思春期を過ぎると、身体は周期的な発情期を迎《むか》え、この時には女性と同じく妊娠《にんしん》が可能になる。

発情期はおおよそ三月に一度のことながら、古くは女の月のものより不浄《ふじょう》とされた。これは、発情期にオメガが発する匂《にお》いに人々、とりわけアルファが影響《えいきょう》を受けるからだ。

オメガの発情期の匂いは、アルファの性的欲求《よっきゅう》を誘発《ゆうはつ》する。稀《まれ》にベータも影響されることがあるが、アルファのそれはベータと比べものにならないくらい顕著《けんちょ》である。

アルファはオメガの匂いに逆らえない。ひとたびその香《かお》りに誘《さそ》われると、アルファも発情の状態に陥《おちい》る。そうして本能の赴《おもむ》くまま、盛《さか》りの付いた獣《けもの》と同様になるのだ。

英雄の性と言われ、人々から羨望《せんぼう》を集める存在が、オメガによって獣に堕落《だらく》させられる。このため、オメガはかつて悪魔《あくま》や不浄な存在と信じられていたこともあった。

オメガたちが侮蔑《ぶべつ》され、虐《しいた》げられることがあっても根絶やしにされなかったのは、彼らがアルファを堕落させる存在であると同時に、アルファの母でもあったからだ。

男女ないし、ベータとオメガの間にアルファが生まれる確率は、千分の一とも万分の一とも言われ、非常に稀である。対して、アルファとオメガの間には、二人に一人の割合でアルファの子供が生まれる。

ベータやオメガはどの腹からでも生まれるが、アルファはほとんどがオメガの腹からしか生まれない。

そこで古今東西の権力者たちは、妻の他にオメガの側室を娶《めと》ることに熱心だった。

ここ芙国でも、後宮には必ず一人はオメガの妃《きさき》がいて、今の代の帝も第二妃がオメガだった。

第二妃の産んだ皇子はまだ幼く、第二性はもう少し大きくなるまでわからないが、頑健《がんけん》で聡明《そうめい》なところからアルファであろうと噂《うわさ》されていた。

真実かどうかはわからない。だが、人からそう言われることが重要なのだ。

現代では学術研究が進み、市井の人々も学を身に付けて、昔のようにアルファを無条件に崇《あが》め、オメガを不浄と呼ぶのはおかしいことだと理解してはいる。

だがしかし、人に根付いた差別意識は、代を重ねてもなかなか変わることはない。それは役人とて例外ではなく、先ほど同僚が瑞春に諭《さと》したように、今もってアルファが優等な性だと信じている者も多かった。

（まったくもって馬鹿馬鹿《ばかばか》しい。学問の得手不得手に性別は関係ないというのに）

先ほどの同僚の態度を思い出し、瑞春は胸の内でぼやいた。言われた時は他に気を取られていて何とも思わなかったが、今になって腹が立ってきた。

目の前には、客の長い列ができている。若い娘《むすめ》から老女まで年代は様々だが、圧倒《あっとう》的に女性が多い。たまにいる男は、女たちの間で肩身が狭《せま》そうにしているから、妻や娘に頼《たの》まれて買いに来たのかもしれない。

列は遅々《ちち》として進まないが、それについて瑞春は特に苛立《いらだ》ちを覚えなかった。この店では、商品を汚《よご》したり破ったりすることのないよう、一つ一つ丁寧《ていねい》に扱《あつか》うから、時間がかかるのだ。

並ぶのも待つのも醍醐味《だいごみ》だと考えているが、することもなく立っていると、色々と思い出さなくていいことまで思い出してしまう。

（まったく彼らの仕事の、雑でのろまなことと言ったら。仕事をしているより、無駄口《むだぐち》を叩《たた》い

ている時間のほうが長いし)

職場の同僚《どうりょう》たちの仕事ぶりが蘇《よみがえ》って、苛立った。

瑞春は、皇城の秘書省に勤める役人である。秘書省とは、皇帝の詔を起草する場所で、つまり国の政策についての草案をまとめる重要な部署だ。宮中の心臓部といっても差し支《つか》えない。

官僚となれるのは進士だけ。

科挙試験という難しい国家試験を通った者を進士と呼ぶが、その中でも中央に配属されるのは、試験で成績が優秀《ゆうしゅう》だった上位者のみ。あとは地方に配属される。

さらにこの成績優秀者のうち、上位たった三名のみが、秘書省に入ることができるのである。この上位三名は上から、「状元《じょうげん》」「榜眼《ぼうがん》」「探花《たんか》」と呼ばれ、進士の中でも特別な存在だ。

彼らは科挙試験合格後、「学士院」と呼ばれる国の研究機関に入ることを無条件に許され、ここで二年間学んだ後、秘書省に配属されるのが通例だった。

いわば秘書省の役人は、逸材《いつざい》中の逸材なのである。鼻もちならない性格になるのも、ある程度は仕方がないとも言える。

だがしかし、学問ができるからといって仕事ができるとは限らないということを、瑞春は秘書省に勤めたこの一年で思い知った。

瑞春は三年前の科挙試験の「状元」である。当時は十九歳だった。

三十、四十でようやく合格する受験者が珍《めずら》しくない中、十代でしかも「状元」となった瑞春は、国中から注目された。

合格発表後、瑞春は京師《けいし》から遠く離《はな》れた郷里に帰っていたので知らないが、この京師、春京《しゅんけい》では号外が配られたらしい。

――十九歳、ベータの「状元」。

芙国始まって以来の出来事だと書きたてられたとか。

(始まって以来と言ったって、ベータが自由に受験できるようになったのは最近なんだから)

瑞春は複雑な思いだ。年老いた郷里の両親は喜んでくれたし、地元では街を挙げての大騒《おおさわ》ぎだった。都に戻《もど》るので両親と別れを惜《お》しみたいのに、県知事だの地元の豪商《ごうしょう》だのが押しかけてきて、それはもう大変だった。

彼らは、瑞春が実はアルファなのではないか、と考えていたようだ。それだけ、アルファという性は特別だった。

アルファは他の性に比べて、あらゆる面で秀《ひい》でている。そう信じられている。

実際は、学問の出来不出来に性別は関係ない。何しろベータの瑞春が「状元」を取れるのだ。ベータにも、オメガにだって、優秀な人物はいる。ただ、科挙試験は二十年前まで受験者はアルファが優先で、ベータの男性は一度に受験できる人数が決められていたし、女性とオメガは今もって受験を許されていない。

もっともオメガの場合は、発情期があるために試験を受けるのが難しいのだろう。科挙試験は数日におよび、簡素な間仕切りがあるだけの狭い房《ぼう》に閉じ込められる。ただでさえ劣悪《れつあく》な環《かん》境《きょう》なので、アルファとオメガが入り交じって試験を行うことは困難なはずだ。

そもそも多くの県で、オメガは学校に通うことを許されていない。金持ちの家でも、家庭教師をつけるのがせいぜいだ。女と同様にオメガも、嫁入《よめい》りすることが最良だと思われている。

(男も女も、第二性も関係なく官吏《かんり》登用できたらいいのに)

女たちがソワソワしながら並ぶ列を見ながら、瑞春は思う。まあ、こんなことを考える自分は変人なのだろう。誰《だれ》かに言っても笑い飛ばされるだけだ。

列が少し動いたので、瑞春は一歩前に出る。周りの女たちが先ほどから、瑞春を見てヒソヒソと噂話《うわさばなし》をしている。

秘書省勤務だと見てわかるものは服から外しておいたから、身分はわからないはずだ。若い男、しかも役人が並ぶのは、珍しいのだろう。

「お役人様も、『御手印《ごしゅいん》』をお求めにいらしたのですか?」

前に並んでいた娘二人と目が合って、おずおずと声をかけられた。瑞春よりいくらか年下だろう。瑞春は静かにうなずいた。

「ええ。毎回、欠かさず拝受しております」

答えると、娘たちがきゃーっと悲鳴のような歓喜《かんき》の声を上げたので、慄《おのの》いてしまった。なぜそこで叫《さけ》ぶのか。

瑞春がすんなり答えたせいか、娘たちはさらに話しかけてきた。

「でもでも、宮中に勤めておいでなのでしょう? 『御手印』は、お城の中で売っていないのですか?」

「売ってません」

「皇帝《こうてい》陛下から直々に賜《たまわ》ったりとか」

「一役人ごとき、陛下のご尊顔を拝することさえ滅多《めった》にありません」

皇帝陛下から直接何かを賜る機会など、よほどのことがない限りあり得る話ではない。

なんと恐《おそ》れ多いことを言うのだ、と目を剝《む》いたが、娘たちは気にしていなかった。その後も何かと話しかけてきて、瑞春が生真面目《きまじめ》に答えると、嬌声《きょうせい》を上げたり笑ったりと、予想の斜《なな》め上の反応をする。

おかげでようやく目当てのものを買う頃《ころ》には、ぐったり気疲《きづか》れしていた。

『御手印』を買って店を出ると、先ほどの娘たちが待っていて話しかけようとするので、急いで走り去る。普段《ふだん》は机に向かってばかりなので、すぐにゼイゼイと息が切れた。

(次からは、別の店に並ぼう)

待つのは苦にならないが、あんなに話しかけられてはたまらない。それに若い娘というのは、こちらが何をしてもクスクス笑うので、居心地《いごこち》が悪い。

瑞春は娘たちからじゅうぶんに遠ざかるとようやく走るのを止《や》めた。それでも気持ちがはやるのもあって、早足で家まで歩く。

瑞春の家は、皇城の外宮《がいきゅう》を出てすぐの屋敷《やしき》町にある。皇城勤めの官僚たちは、大体この辺りに住んでいた。

秘書省の官吏ともなれば、たとえ二年目でも立派な屋敷を構えるものだが、瑞春の家はこぢんまりとした粗末《そまつ》な古家である。使用人は老女が一人だけ。

贅沢《ぜいたく》には興味がない。出世もしたくないから、人付き合いも必要ない。当分は気楽な独り身でいたいし、仕事が忙《いそが》しいので家にいる時間も少ない。小さな古家でじゅうぶんだった。

瑞春の望みは、皇城勤めをしたことですでにかなっている。給料の半分は故郷の老父母に送り、あとは身の回りのものと、それから趣味《しゅみ》の『御手印』集めができればじゅうぶんだった。

「ちょっと部屋にこもるから、夕食は置いておいてくれ」

家に帰るなり、使用人の老女にそう言いおいて、私室に飛び込む。着替《きが》えもせずに、胸に抱《だ》きしめていた紙の包みを解いた。

中から現れたのは、色紙に朱墨《しゅずみ》で押した人の手形だった。色紙の右端《みぎはし》に小さく捺《お》された龍《りゅう》をかたどった印は、現皇帝陛下の私印である。公式文書には使われない、私信などにちょっと添《そ》える、遊びの印だった。

『御手印』とは、皇帝陛下の手形を色紙に捺したものだった。色紙に、版画で描《えが》かれた皇帝陛下の肖像《しょうぞう》、それから皇帝陛下の私的な動向を綴《つづ》った『皇宮だより』の紙片《しへん》が付いて、これが結構なお値段である。

しかし、恐れ多くも皇帝陛下が自ら捺した手形だということ、『御手印』の色紙に製造番号が付いていること、さらに半年に一度しか売り出さないという希少性も相まって、一部の「信《しん》奉者《ぼう》」の間で大人気だった。

十年前から始まった試みで、半年に一度、皇室の認可《にんか》を受けた店でだけ販売《はんばい》している。帝《みかど》の威光《いこう》を広めるためだと言われているが、実際は私費集めだろう。皇室の財政は厳しい。

しかし、何の目的だろうと、瑞春には関係なかった。店に並んでいた客たちも気にしていないだろう。

陛下の手形と肖像画、それに『皇宮だより』が読めるだけで幸せなのだ。肖像画に見る皇帝陛下のご尊顔は、今回もキラキラしく美しい。女たちがあれだけ並ぶのも当然だ。

瑞春は手垢《てあか》など付けないよう、慎重《しんちょう》に色紙の端を持ち、部屋の隅《すみ》の神棚《かみだな》に飾《かざ》る。神棚と言っているが、実際は皇帝陛下関連の蒐集《しゅうしゅう》品を飾る棚である。

「はぁぁ～、尊い……」

神棚の手形を見つめ、皇帝陛下の熱烈《ねつれつ》な信奉者は、うっとりとため息をつくのだった。


そう、瑞春は皇帝陛下の「信奉者」である。特段、愛国心などは持ち合わせていないが、『御手印』に並ぶ娘《むすめ》たちと同様、若く美しい今上《きんじょう》陛下を、役者にするように「追いかけ」ているのだった。

天子様を役者と同等に扱《あつか》うなんて……と、保守的な年寄りは眉《まゆ》を顰《ひそ》めるかもしれないが、今上陛下の美貌《びぼう》をいいことに、この「追っかけ」を推奨《すいしょう》しているのは他《ほか》ならぬ陛下やその側近である。

「追っかけ」が『御手印』などの蒐集品に金をつぎ込めば、先々代からの財政難にあえぐ皇室の私費が潤《うるお》う。敬愛する陛下も幸せ、「追っかけ」も幸せ。損をする者など誰もいない。

少なくとも、瑞春ら「信奉者」たちはそう考えている。そもそも瑞春が官吏を目指したのも、皇帝陛下にお会いしたいがためである。

良《い》い成績で科挙試験を突破《とっぱ》すれば、中央官僚《かんりょう》になれる。皇城に勤めて、あわよくば皇帝陛下のご尊顔を拝することができたら……と、邪《よこしま》な願いを抱《いだ》いたからだった。

もしお顔が見られなくても、陛下と同じ宮廷《きゅうてい》の空気を吸えるだけでも嬉《うれ》しい。

十年前から『御手印』が売り出されるようになり、これが地方ではなかなか買えなかったので、中央官僚になる夢はさらに強くなった。

幸い、家はそれなりに裕福《ゆうふく》だった。瑞春が科挙試験を受けたいと言うと、両親はすぐに家庭教師をつけ、その後は科挙受験のための学校にも行かせてくれた。

英国に男子として生まれたからには、科挙試験を受けて官吏になるのは誰しもの夢である。官吏になったら親孝行もできるし、一粒《ひとつぶ》で二度おいしい。

他に夢中になることもなかった瑞春は、それから脇目《わきめ》もふらず、同年代の子のように恋《こい》に現《うつつ》を抜《ぬ》かすこともなく、バリバリ勉強した。

十六歳にして初めて、地方で行われる一次試験、郷試を受けた時は、運悪く体調を崩《くず》してしまい落ちてしまったが、二年後の試験では健康を害することもなく、その後に二次三次……と続く試験も突破した。

ただ、十九歳で見事最終試験に合格し、進士となれたのは、それも首位「状元」を取れたのは、運だったと思う。運が悪ければ、最終試験の殿試《でんし》には落ちていただろう。

というのもこの殿試、皇城の皇帝陛下の御前《ごぜん》で行われるものだからである。

(無理無理。絶対無理。陛下の御前だなんて、絶対平静でいられない)

きっと皇帝陛下にお会いできた嬉しさで、正気を失ってしまう。試験どころではないだろう。

どうしようどうしようと、試験の内容よりそんな心配ばかりしていたのだが、あっさり解決した。

殿試は帝が試験官を担《にな》うとされているが、これはあくまで建前だ。歴代の皇帝は、実際に試験場に赴《おもむ》くこともあれば、大臣や官僚に任せきりの場合もある。

今上陛下は毎回熱心に試験に立ち会っていたそうだが、あの年は体調が優《すぐ》れず、試験場には現れなかった。

おかげで瑞春も正気を失うことなく、存分に実力を発揮することができたのだ。もしもあの年、陛下の体調が万全《ばんぜん》だったら、瑞春は今頃《いまごろ》まだ郷里にいたはずだ。

運良く「状元」となり、瑞春には従六位という官位が与《あた》えられた。その授与式《じゅよ》では、敬愛する皇帝陛下から徽章《きしょう》を賜った……はずなのだが、緊張《きんちょう》しすぎてよく覚えていない。お顔もろくに見ることができなかった。

それ以来、陛下のお顔を間近に見たことはない。式典の際に二度ほど、遠くから豆粒くらいの陛下を拝見したが、それだけだ。

秘書省で順当に出世ができれば、いずれ陛下の御前で草案を読むこともできるかもしれないが、今の様子では一生、下っ端《ぱ》のままだろう。

とはいえ、瑞春はこれ以上何も望んでいない。陛下のために働き、陛下と同じ宮廷の空気を吸い、陛下が歩いた（かもしれない）宮中の道を歩くことができる。

折々の式典の際には、豆粒くらいだがご本人のお姿を直《じか》に見ることができて、『御手印』も発売日に手に入るし、これでじゅうぶんに幸せだった。

「はぁ～……」

「尊い尊いって、天子様のお手形が、そんなにいいですかねえ」

夕食を食べながら、手に入った『御手印』を思い出してうっとりしていると、給仕《きゅうじ》をしてくれた使用人の婆《ばあ》やが呆《あき》れたように言った。

瑞春が熱烈な皇帝陛下の信奉者だと知っているのは、この皇都では婆や一人だろう。あとは故郷の両親しか知らない。

婆やには黙《だま》っていたのだが、私室に蒐集品を飾っていたので早々にばれてしまった。

「大きくて逞《たくま》しくて、立派な手形じゃないか。いつもと違《ちが》う角度で描かれていて素晴《すば》らしかった。今回の『皇宮だより』も良かったし。はぁ～、保存用と鑑賞《かんしょう》用、一人二冊買えればいいのになあ」

一人一冊と決められているのが残念でならない。ぼやくと、婆やは理解できない、というように首を横に振《ふ》った。

「そんなに天子様がお好きなら、いっそ、オメガだったらよろしかったですねえ。旦那《だんな》様ほどのご容姿なら、後宮にも入れたでしょうに」

「まさか。私くらいの容姿は他にいくらもいるだろう。それに、私のは、そういうのじゃないから」

そういうのがどういうのかわからない、というように、婆やはまた首を横に振った。

まあいい。別に、この趣味を誰《だれ》かに理解してもらおうとは思わない。

「こんなことを言ったら、信奉者の方々に縊《くび》り殺されそうですけど」

婆やはちらりと瑞春の顔色を窺《うかが》いつつ言った。

「今の天子様は確かに見目麗《みめうるわ》しいのかもしれませんが、どうも頼《たよ》りなく思えてねえ。病弱でいらっしゃるという噂《うわさ》だし」

瑞春はそれに怒《おこ》ることなく、素直にうなずいた。

「婆やくらいの年代の人たちは、先々代の帝の印象が強いからな」

現皇帝《こうてい》の祖父に当たる先々代の慶淳帝《けいじゅんてい》は、賢帝《けんてい》として知られる。即位《そくい》期間が歴代の皇帝の中でも特に長く、様々な政策を行って、代替《だいが》わりを重ねた今も強烈《きょうれつ》な存在感を残していた。

第二性を今の呼び名にしたのも、ベータがアルファと同じように科挙試験を受けられるようにしたのも彼の功績だ。

亡《な》くなる寸前まで精力的に政務を行い、崩御《ほうぎょ》の知らせが出た時には、国中が悲しみにくれたとか。瑞春が生まれて、まだ幼い時分の話だ。

その息子《むすこ》、現皇帝の父は即位後、数年で病死してしまい、功績を残す暇《ひま》もなかった。現皇帝がわずか十九歳で即位したのは、今から十三年前。瑞春はその時、九つだった。

あの時、この皇都では華々《はなばな》しい即位式が行われ、皇帝陛下はきらびやかで豪華《ごうか》な輿《こし》に乗って、都中を練り歩いた。

当時は祖父の慶淳帝と、それに続く先帝との死で国内が動揺《どうよう》していたというから、巡行《じゅんこう》はそれを払《ふっ》しょくするためだったのかもしれない。

あの日の鮮烈《せんれつ》な情景を、瑞春は今でも昨日のことのように覚えている。

「ほんの数回だけ、おそばに寄らせてもらったことがあるけど、皇帝陛下は決して病弱ではないよ。今は激務でちょっと体調を崩すことが多いかもしれないが、もともとは祖父の慶淳帝に似て身体《からだ》つきも逞しく、頑健《がんけん》な方らしい。祖父君のような功績を立てるのはこれからだ。慶淳帝だってきっと、若いうちは頼りないとか言われてただろう」

瑞春が言うと婆やも、「確かにそうかもしれませんねえ」とうなずいた。

婆やのように、今上陛下を頼りなく思っている民《たみ》たちはいくらもいる。どうしても、先々代の華々しい功績と、国が一気に栄《さか》えた御代《みよ》が眩《まぶ》しく思えるのだろう。

そんな彼らが、いつか現皇帝の御代に生きられて良かったと思えるように、国を良くするのが官吏《かんり》の務めだ。

そのために、瑞春は身を粉にして働いている。これからも、もっと頑張《がんば》るつもりだ。出世に興味はない。

これはただ、陛下のため。それが、かつて命を救ってくれた今上陛下に報《むく》いる、ただ一つの方法だと瑞春は信じていた。

宮廷に保管されている官吏名簿《めいぼ》によれば、雪瑞春の出身地は南方の貿易都市、夏京《かけい》となっている。しかし、瑞春が生まれたのはこの皇都、春京である。

ベータの息子を立派な官吏に育て上げた老父母は、本当の両親ではない。瑞春は小さな商家の若夫婦《わかふうふ》の間に生まれ、九歳まで皇都で育った。両親が病で亡くなったため、遠い親戚《しんせき》にあたる子供のいない老夫婦に引き取られたのである。

本当の両親が亡くなるまで、瑞春の暮らしは取り立てて話すこともない、ごくごく平凡《へいぼん》なものだった。両親が営む店は、小さいながらもそこそこ儲《もう》かっていたし、金持ちではないが貧乏《びんぼう》でもなく、瑞春は他《ほか》のベータの子供たちと同様、近くの学習塾《がくしゅうじゅく》で読み書き算盤《そろばん》を習い、将来は実家の店を継《つ》ぐつもりでいた。

両親の死後、瑞春を引き取ってくれた老夫婦は、夏京の裕福《ゆうふく》な商人だった。その時すでに、子供のいない彼らは妹の息子夫婦に跡《あと》を継がせて隠居《いんきょ》していたため、瑞春は好きなように自分の将来を選ぶことができたのである。

祖父母とも言える年の養父母は瑞春に優《やさ》しく、瑞春もまた彼らを本当の両親のように慕《した》った。

そんな大事な老父母を郷里に残しても、中央で官吏になりたいと願ったのは、ある強烈な思い出のためだ。

忘れもしない、九つの春。まだ本当の両親が生きていて、春京に住んでいた頃《ころ》。皇帝の突然《とつぜん》の崩御から間もなくして、新しい皇帝の即位を祝う祝賀の式典が行われた。皇都中を練り歩く帝《みかど》の巡行を一目見ようと、瑞春も両親と共に見学に行ったのである。

瑞春が知る限り、この巡行以上に華《はな》やかで賑《にぎ》やかな催《もよお》しは今までになかった。先代、先々代と不幸が続いて、年中行事のお祭りも禁止されていた時だったから、瑞春はこの巡行が楽しみで仕方がなかった。

何日も前から楽しみにして、当日は朝から道の脇《わき》に並び、帝の輿が目の前を通るのを今か今かと待ち望んでいたのである。

両親も、興奮してはしゃぎすぎる息子を時にたしなめることはあったが、同じように楽しみにしているようだった。

昼頃になって、ようやく巡行の長い長い列が見え始め、瑞春の興奮は頂点に達した。

「天子様は？　天子様の御輿《みこし》はどれっ？」

ぴょんぴょんと飛び跳《は》ね、天子様の姿を見ようと首を伸《の》ばした。

「ほら、あれだよ。あの金色の龍《りゅう》の輿に乗った、お若い方が天子様だ」

父が教えてくれた。少し先から、確かに金色の龍の輿が近づいてくるのが見えた。

でも輿は高くて、背の小さな瑞春からは帝のお顔が見えない。だから、もっともっと高く飛び跳ねたのだ。

瑞春は、おっちょこちょいだった。それに時々、目先のこと以外、何も見えなくなる。

「天子様っ、バンザーイッ！」

興奮しきって叫《さけ》ぶなり、縦ではなく勢いよく斜《なな》めに跳《と》んだ。自分の身体が滝《たき》を登る鯉《こい》のようにぴょん、と空へ駆《か》け上るのを感じた。体勢を崩《くず》した身体は地面に胴体《どうたい》着陸し、瑞春は痛みに呻《うめ》いてゴロゴロ無様に転がる。

転がった先は、あろうことか皇帝陛下の輿を引く馬の前だった。

馬が驚《おどろ》いて足を上げ、御輿が傾《かし》いだ。御者《ぎょしゃ》が何やら叫ぶのが聞こえ、周囲もどよめいた。周囲を警備していた兵たちが、槍《やり》や剣《けん》を持って一斉《いっせい》に瑞春に向かってくる。

自分が何をしでかしたのか、九つになる瑞春には理解できていた。よりにもよって、皇帝陛下の輿を止めてしまった。それも即位式という、二度とない重要な催しの最中《さなか》に。

その場で首を刎《は》ねられてもおかしくない。あるいは不敬を働いた咎《とが》か、皇帝の玉体に傷をつけたとして、両親ともども投獄《とうごく》、処刑《しょけい》されるだろう。

青ざめて震《ふる》える瑞春と、息子を庇《かば》い、うずくまる両親。兵の一人が、三人を引っ立てろと言っているのが聞こえた。もう終わりだと思った。

「まあ待て。落ち着け」

その時だった。頭上のはるか高みから、凜《りん》と良く通る声が聞こえた。

辺りがシン、と静まり返る。瑞春がそっと頭を上げると、金色の輿から、ひょいと若い男が顔を覗《のぞ》かせた。

「子供が馬の前で転んだだけであろう。めでたい場で、そう騒《さわ》ぎ立てることもあるまい」

そう言って大らかに微笑《ほほえ》む、男の顔立ちは凜々《りり》しく見目麗しかった。

瑞春はその姿に見惚《みと》れた。まるで雷《かみなり》に打たれたような衝撃《しょうげき》だった。

この方が天子様だ。芙国の皇帝とは、天帝から国を治める定めを受けた者だというが、まさにその通りだ。

太陽のような存在感。まだ十九歳という若年《じゃくねん》でありながら、周囲の大人たちが膝《ひざ》を折らずにはいられない威厳《いげん》を持っている。この方こそが、皇帝となるべく天命を受けた人物だ。

瑞春は帝を一目見て、そう感じたのである。

ぼーっと見惚れすぎて、「無礼な」とまた周りの兵たちに小突《こづ》かれそうになったが、帝はこれもたしなめてくれた。

そうしていたずらっぽい、笑いを含《ふく》んだ目が瑞春を見る。

「朕《ちん》の即位を寿《ことほ》いでくれたのだ。他意はなかろう。その子供が、万歳《ばんざい》と叫んで鯉のようにやたらと跳ねるのを見ていたぞ」

瑞春がコクコクとうなずくと、帝はさらに笑みを深くした。

「元気の良《い》い子だ。だがもう少し、気をつけなければな。親を心配させるものではない。それにほら、額が擦《す》りむけている」

言われて初めて気づいた。地面に飛び込んだ拍子《ひょうし》に、額を擦りむいて血が出ていた。

瑞春が額を押さえると、帝は優しく瞳《ひとみ》を和《なご》ませ、懐《ふところ》から何かを取り出した。近くに控《ひか》えていた家臣らしき男に何やら囁《ささや》き、それを渡《わた》す。

家臣の男は驚いた顔をしていたが、受け取ったものをただちに瑞春へと与《あた》えた。

それは手巾《しゅきん》だった。絹地に、美しい花の刺繡《ししゅう》が施《ほどこ》されたものだ。周囲から再びどよめきが沸《わ》き起こった。

瑞春も驚いていた。呆《ほう》けて帝を仰《あお》ぐと、「額から血が出ている」と言う。

帝は、即位式の邪魔《じゃま》をした子供を怒《おこ》るどころか、擦りむいた子供を心配して、自らの手巾を下賜《かし》したのだ。

慌《あわ》てた両親たちにたしなめられ、ようやくお礼を言った。

「あ、ありがとうございます！　皇帝陛下《こうていへいか》！」

「皇帝陛下万歳」という声が上がる。その声は次第《しだい》に大きくなり、巨大《きょだい》な波のように街の隅々《すみずみ》まで伝播《でんぱ》していった。

瑞春も手巾を握《にぎ》りしめ、涙《なみだ》を流しながら、「万歳」と叫んだ。

帝がまた一つ微笑み、合図をすると、輿《こし》は何事もなかったかのように、またゆったりと進み始める。

民衆が帝を讃《たた》える声は、いつまでも止《や》まなかった。

即位式のこの逸話《いつわ》は、いつしか国中に流布《るふ》し、今でも語り継がれている。

帝の恩情によって咎を免《まぬか》れた瑞春は、なぜかその日から三日三晩、熱を出して寝込《ねこ》んだ。

恐《おそ》らく、帝から声をかけてもらい、下賜を受けた興奮のせいだろう。瑞春自身はそう思っている。

ただ当初、身体《からだ》の火照《ほて》りと疼《うず》きを覚え、普通《ふつう》の熱とは違《ちが》うことから、かかりつけの医者はオメガの発情の熱だと診断《しんだん》した。

九歳で初めての発情を迎《むか》えるのは、いささか早熟ではあるものの、あり得ないことではないのだという。

息子《むすこ》がオメガと言われ、両親は驚いたが、四日目になるとけろりと治った。オメガの発情期は、一週間から十日ほど続くのが普通である。

おまけにその後、発情期らしい兆候を覚えることはついぞなかった。

ごくたまに、九歳の頃にあったのと似たような疼きや火照りが起こることはあったが、オメガ特有の発情期の匂《にお》いを発することもない。一日ほどですぐに止んでしまう。

若者が性欲《せいよく》を持て余すのは、何もオメガに限ったことではないから、そういうものだろう。

他のオメガの発情にあてられることもないから、アルファでもない。

ゆえに、瑞春はベータである。

ベータで良かった。もし自分がオメガだったら、科挙試験を受けることも敵《かな》わず、皇帝陛下の近くに仕えることも敵わなかった。

それについてだけは、生まれ持った性に感謝している。逆に、それ以外はアルファもオメガも、何ら興味はない。

アルファの同僚《どうりょう》たちの無駄《むだ》なプライドには時々、腹が立つし、いまだに社会的地位の低いオメガは気の毒だと思う。

しかし、その他大勢の存在であるベータの瑞春にとって、第二性というのはやはり、どこか他人事《ひとごと》なのだった。


その日、瑞春の職場の秘書省は朝からざわついていた。

前日は何もなかったから、昨日の業務が終わってから朝の間に、何かあったのだろう。周りはヒソヒソと噂話《うわさばなし》をしているが、瑞春の耳には届かない。瑞春は、この秘書省で浮《う》いた存在なのだ。

ベータのくせに十代で「状元」となり、さらに同僚たちが出世のためにせっせと根回しをする中、愚直《ぐちょく》に仕事ばかりしているからだ。

アルファの同僚から仕事を押し付けられて、根回しをする暇《ひま》もないのだが、それを悔《くや》しがりもせず黙々《もくもく》と片付ける。おまけに、誰《だれ》に対しても毅然《きぜん》とした態度を押し通すので、生意気な奴《やつ》だと思われている。

最初は、陰湿《いんしつ》ないじめがあった。学士院の時も……いや、郷里の学校にいた時からだ。

いつも生意気だとか高慢《こうまん》ちきだとか言われ、ネチネチしたいじめを受けるのだが、それもすぐに静かになる。

大人しいけれど気が弱いわけではない瑞春が、彼ら以上に陰湿で巧妙《こうみょう》な嫌《いや》がらせで倍返しするからだった。

そのせいで、郷里では二人が学校を辞《や》め、学士院でも一人が体調を崩して郷里に帰ってしまった。秘書省でも一人が仕事に来なくなって、「瑞春、あいつはヤバい奴だ」という噂が立ってからは、明らかないじめはなくなった。ただ遠巻きに見られている。

進んで争おうとは思わないが、自分が皇帝陛下のそばに仕えるのを邪魔する者がいるなら、全力で戦う。瑞春はとにかく一途《いちず》だった。偏執《へんしゅう》的ともいう。

ともかくそんなわけで、どうして朝から職場がざわついているのか、瑞春は理由を知らずにいた。ただ、何となくみんなが普段《ふだん》より執拗《しつよう》に、自分を睨《にら》んでいる気がする。

（私が『御手印』の蒐集《しゅうしゅう》家だと知られたのか？　いや、それでこんな空気にはならないな）

数日前に手に入れた『御手印』のことを思いだしたが、官吏《かんり》でも興味で『御手印』を買い求める者はいる。

なんだろうと思いながら昼になり、午後の仕事を始めようとした頃《ころ》、秘書監に呼ばれた。

秘書監というのは秘書省の長、一番偉《えら》い役職である。普段は専用の執務《しつむ》室にいるのに、今日はわざわざ、瑞春たちのいる大部屋に現れた。

「雪。皇帝陛下がお前をお呼びだ。付いてこい」

瑞春が近づくなり、素っ気なく言って部屋を出ようとするので、瑞春は目を剝《む》いた。

「皇帝陛下が、私を？　なぜですか」

秘書省では一番年下で、新米の瑞春である。仕事も面倒事《めんどう》ばかりで重要でないものが多く、そんな下っ端《ぱ》をなぜ皇帝陛下が名指しで呼ぶのか、わけがわからなかった。

「付いてくればわかる」

秘書監からは、木で鼻を括《くく》ったような答えしか返ってこなかった。秘書監に付いて大部屋を出ると、戸口の外には宦官《かんがん》が一名控えていた。

その宦官が身に着けているのは、皇帝陛下が住まう内宮《ないきゅう》仕えの服だ。

一瞬《いっしゅん》、新手のいじめかな、とも考えたが、秘書監ともあろう人が、下っ端にここまで手の込んだ嫌がらせをするとも思えない。

ちらりと振《ふ》り返ると、同僚たちがヒソヒソと声を潜《ひそ》めて話し合いながら、こちらをじっとりとした目で睨んでいた。

(悪いことじゃないのかな)

嫉妬《しっと》の混じった同僚たちの視線からして、瑞春に不利益な用件ではないらしい。皇帝陛下がお呼びだというのも、嘘《うそ》ではないのだろう。

(でも、どうして……)

突然《とつぜん》のお召《め》しに戸惑《とまど》うが、そんな瑞春に構わず、秘書監と宦官は先へ進んでいく。

瑞春たちの働く外宮は、延々と延びる道の両脇《りょうわき》に人の背より高い石塀《いしべい》が続き、巨大な迷路《めいろ》のようになっている。

閉塞感《へいそくかん》のある外宮をずっと奥へ進み、番兵たちが並ぶ門をくぐると、内宮だった。

　そこから先は皇帝陛下の執務の場であり、皇族たちの居住区でもある。さらに奥に行けば後宮がある。

　瑞春が内宮へ入ったのは、これが初めてだった。秘書監は立ち入ったことがあるのだろう、慣れた足取りで宦官に続く。

　内宮は外宮とは打って変わって開放的だ。威圧《いあつ》的な塀もなく、よく手入れされた草花が小道のあちこちに植えられている。

　内宮を入ってすぐは小さな丘《おか》になっていて、緩《ゆる》やかな階段を上ると、皇帝の執務室である「嘉正宮《がせいきゅう》」が現れた。

　建物の中に入ると、瑞春は皇帝陛下の部屋の前で待たされた。秘書監と宦官が先に中へ入る。

（本当に、この向こうに陛下がいらっしゃるんだ）

　そこまで来てようやく、これが夢でも偽《いつわ》りでもなく本当のことなのだと理解した。扉《とびら》を一枚隔《へだ》てた向こうに、敬愛する皇帝陛下がいる。しかも自分を名指しで呼び、これから間近で会おうと言うのだ。

　科挙試験後の、官位の授与《じゅよ》式とはまた違う、人も少なく閉鎖《へいさ》された空間で憧《あこが》れの人に会う。

　呼ばれた理由はわからないが、瑞春はたちまち極度の緊張《きんちょう》と高揚《こうよう》に見舞《みま》われ、頭が混乱した。

「……ご苦労だった。下がってよい」

　若い男の声がした。柔《やわ》らかな声音《こわね》は、授与式で聞いた皇帝陛下の声だ。瑞春はそれを聞いて、りとした。
良く通る張りのある声で、皇帝《こうてい》陛下によく似ている。その声を聞いた時、瑞春はなぜかどき
わずかな間の後、今度は別の若い男の声がした。
「聞こえないか。陛下が下がってよいとおっしゃっている」
（帝《みかど》の生声が、間近にっ！）
鼻血を噴《ふ》きそうになった。
「えっ、いやしかし、私は雪の上官ですし。状況《じようきよう》を把握《はあく》する義務が……」
下がってよいと言われたのは、秘書監だったらしい。そしてこの秘書監も、瑞春が何の用件
で呼ばれたのか、聞かされていなかったようだ。この場に残って話を聞こうとして、追い払《はら》わ
れたという状況のようだった。
「雪瑞春はそなたの部下である前に、皇帝陛下の家臣である。そなたはいったい誰の家臣
だ？」
食い下がる秘書監に、先ほどの、陛下によく似た声の男が返した。陛下の声がおっとりして
柔らかかった分、こちらは冷たくぞんざいに聞こえる。
秘書監が部屋を辞する挨拶《あいさつ》をしたが、きっと内心では腹立たしく思っているのだろう。
戸口まで足音が近づいてきて、瑞春は姿勢を正した。最初に現れたのは、先ほど案内をして
くれた宦官で、瑞春は秘書監とは入れ替《か》わりに部屋に入るよう促《うなが》された。
「……ふん。ベータなど呼びつけて、何をなされるつもりだか」

すれ違《ちが》いざま、秘書監はじろりと瑞春を睨み、こちらにだけ聞こえるように言った。まあ、これくらいのことは、よくあることだ。瑞春も黙《だま》って頭を下げた。

「さあどうぞ、中へ」

宦官に促され、凪《な》いでいた心に緊張と興奮が再び襲《おそ》い掛《か》かってきた。

「雪瑞春、中へ」

柔らかな陛下の声がして、気を失いそうになる。

(陛下が、陛下がっ！　今、私の名前をっ)

宦官の手前、身悶《みもだ》えることはできなかったが、心の中では感動に打ち震《ふる》えてグネグネと身を捩《よじ》りたい気持ちだった。

(いや、早く中に入らなくては。失礼になる)

わずかに残った理性で言い聞かせ、ギクシャクしながら部屋に入った。

皇帝陛下の執務室は、思っていたよりもこぢんまりして簡素だった。奥の書斎机《しょさいき》に座る、優《やさ》しげな美貌《びぼう》の男性を目の端《はし》に認めた途端《とたん》、バクバクと鼓動《こどう》が速くなる。

陛下の傍《かたわ》らにもう一人、同じ年恰好《としかっこう》の男性が立っているのはわかっていたが、それが誰なのか考える余裕《よゆう》もなかった。というか、恐《おそ》れ多くて顔を上げることができない。

極度の緊張の中、どうにか作法通りの挨拶ができたのは、敬愛する陛下に不作法を働きたくないという、忠誠心が成したものだった。

「せ……雪瑞春、皇帝陛下に拝謁致《はいえついた》します」

声が震えそうになるのを奮い立たせ、拱手《きょうしゅ》してひざまずき、頭《こうべ》を垂れる。

「堅苦《かたくる》しい挨拶はいい。うるさい上司もいないしね。もっと近くに寄りなさい」

陛下から柔らかな声でそう言われて、感激に涙《なみだ》が出そうになった。

「あ、あっ、ありがとう存じます、皇帝陛下」

つっかえ気味に言い、手と足が一緒《いっしょ》になりながら書斎机の前まで進む。動悸《どうき》が激しくなった。

ハァハァと息を荒《あら》げては、陛下に気味悪がられるかもしれない。それにそう、陛下が呼吸している空気を吸うのも恐れ多い。自分が吐《は》いた空気を吸わせるのも申し訳ないし。

そんなことを考えたら、もう息をすることができなくなった。当たり前だが、すぐに苦しくなり、目の前がチカチカしてきた。

「そなたが雪瑞春か。急に呼び立ててすまなかったな」

「はっ」

「緊張しているのかな？　しかし、そう畏《かしこ》まっていては話ができぬ。面《おもて》を上げよ」

「はっ」

二度も息を吐いたので、吐く息がなくなった。頭がグラグラする。酸欠で顔が真っ赤になっているのがわかった。

「どうした、雪瑞春？」

目の前がふっと暗くなる。瑞春は激しい音を立てて床《ゆか》に倒《たお》れ込んだ。

「雪！」

「どうした！」

複数の声と共に、誰《だれ》かに抱《だ》き起こされた。

その時、何か嗅《か》いだことのない良《い》い香《かお》りと共に、身体《からだ》の奥が熱くなったような気がしたが、まだ目が回っていて、まともに考えることができなかった。

「大丈夫《だいじょうぶ》か！」

瑞春を抱き起こしてくれたのは、宦官ではなかった。濃紺《のうこん》の服が目の端に見えて、先ほど皇帝陛下の脇《わき》に立っていた人物だとわかった。

「も、申し訳ありません。とんだ不作法を」

陛下の前で倒れるなんて。しかし、この場の誰も咎《とが》めず、逆に心配してくれた。

「もしかして、具合が悪かったのかな？　また別の機会にするか」

「そうですね。もし何かの病だとしたら、陛下にうつされても困りますし」

皇帝陛下が言い、瑞春の隣《となり》で濃紺の服の男が答える。瑞春は慌《あわ》てて身を起こした。

「い、いえっ、そうではないのです。皇帝陛下にお会いするので、いささか緊張をしまして」

「しかし、顔が真っ赤だぞ。熱があるのではないか」

隣の男が余計なことを言う。

「違います。今、呼吸を止めておりましたので」

瑞春も、余計なことを口にしてしまった。「どういうことだ？」と、訝《いぶか》しげに聞き返されるのも無理はない。

「そ、その……敬愛する皇帝陛下の吐かれた空気を吸うのが恐れ多く。また、私が吐いた息を吸われるのもいたたまれなくて」

しどろもどろにありのままを伝えている間に、辺りが静かになった。しまった、と瑞春は内心で後悔《こうかい》する。正直に言う必要などなかったのに。もっと適当なことを言っておけばよかった。

「気持ち悪っ」

声を上げたのは、隣の男だった。

「これ、淑英《しゅくえい》」

皇帝陛下がたしなめる。だが、その声も戸惑っていた。まあ、それはそうだろう。瑞春も、冷静になると自分の発想が気持ち悪いと思う。

(淑英……淑英殿下《でんか》だったのか)

恥《は》ずかしくて顔を上げることができないが、隣の男が何者なのかわかった。

淑英とは、皇帝陛下の二つ違いの同母弟《どうぼてい》だ。先代皇帝の三男だが、長男は夭逝《ようせい》しているので、実際は次男になる。他《ほか》に兄弟姉妹《しまい》はない。

皇帝も淑英もアルファだ。皇族の男性はアルファかオメガがほとんどで、ベータが少ない。

二人きりの兄弟ゆえか、二人は非常に仲が良く、兄の側近として仕事を補佐《ほさ》しているのだとか。宮廷《きゅうてい》でもそういう噂《うわさ》だったし、『皇宮だより』にも時おり、皇帝陛下が弟の淑英と仲良く過ごす様子がつづられている。

しかし、穏《おだ》やかで質素な皇帝陛下に似ず、彼はたいそう色好みなのだとか。

とりわけオメガが好みで、オメガの妻を何人も娶《めと》っているという。妃《きさき》の数は、兄帝以上だ。そのわりに子供ができたという話を聞かないから、宮廷では「淑英皇弟殿下は種なしに違いない」と心無い噂を流す者もあった。

種の有無《うむ》はどうでもいいが、帝が後宮を縮小しているというのに、弟が金食い虫の妃の数を増やすとはどういうことか。

会うのは初めてだが、瑞春はもともと、この淑英という皇弟に良い印象を持っていなかった。

「陛下、だから言ったでしょう。『状元』なんて、やっぱり頭がどうかしてるんですよ。進士はただでさえ、頭の神経が一本二本切れた連中ばかりだというのに」

淑英がそんなふうに言うものだから、瑞春もムッとした。

確かに近年、官吏登用《かんり》が科挙試験一辺倒なのは問題ではないかという意見も出ている。試験範囲《はんい》が特定の学問に偏《かたよ》っていて、しかも数百年ほとんど変わっていない。

試験で優秀《ゆうしゅう》な成績を修め、国家の中枢《ちゅうすう》にいる官吏たちが、学問ばかりで実務に疎《うと》いという実情もある。日々、同僚《どうりょう》たちの尻拭《しりぬぐ》いをさせられている瑞春が感じていることでもある。

官吏たちはみんな子供の頃《ころ》から勉強ばかりしてきたので、中にはちょっと、頭がどうかしているな、という人物もいる。わりとかなりいる。

しかしそれでも、科挙試験は純然たる国家試験である。主催《しゅさい》側である皇族が、面と向かって進士を批判するとはどういうことか。

怒《いか》りが緊張《きんちょう》に勝って、瑞春は隣を睨《にら》み上げた。切れ長の美しい双眸《そうぼう》とぶつかる。

瑞春は息を呑《の》んだ。淑英のその顔が、皇帝陛下《こうてい》にそっくりだったからだ。二つ違いで母親の同じ兄弟だから、似ているのは当たり前だ。

しかし、瑞春が一目見て「この方だ」と思ったのは、書斎机に座る優しげな様子の皇帝陛下ではなく、十三年前の即位式《そくいしき》の時に見た、太陽のような青年の姿と重なったからだった。

今も顔の造作だけを見れば、二人は双子《ふたご》のようによく似ている。

ただ、陛下が体格も顔の輪郭《りんかく》もほっそりとしていて、やや痩《や》せ型なのに対し、淑英は武人のように逞《たくま》しい。どちらも艶《つや》やかな黒髪《くろかみ》を緩《ゆる》く束ね、同じ髪型をしていたが、たとえ服装が同じでも二人を見間違えることはないだろう。

陛下はいかにも尊い身分らしく、物柔《ものやわ》らかな物腰《ものごし》と印象を人に与《あた》えるが、目の前のこの男は見る者を射貫《いぬ》くように鋭《するど》い眼光を放っていた。

瑞春の視線はこの淑英に囚《とら》われて、目を逸《そ》らすことができない。

──ようやく再会できた。

そんな考えが頭を掠《かす》めたのは、かつての陛下と、今の淑英とがよく似ているからだろう。

懐《なつ》かしさと共に、不可思議な興奮が沸《わ》き起こる。しかしそれは、すぐに霧散《むさん》した。

「よしなさい、淑英。言いすぎだ」

皇帝陛下の静かな声に、瑞春は我《われ》に返った。目の前の淑英はじろりと瑞春を睥睨《へいげい》すると、ふいと視線を逸らす。

瑞春も自身が置かれた状況《じょうきょう》を思い出し、すぐさまその場にひざまずいて頭《こうべ》を垂れた。

「申し訳ございません、皇帝陛下。恐れ多くも陛下の御前《ごぜん》で大変なご無礼を致《いた》しました」

「良い、許す。立ちなさい。緊張したのだろう？」

笑いを含《ふく》んだ声が優《やさ》しく言う。やはり、皇帝陛下は慈悲《じひ》深くお優しい方だ。瑞春は感激した。

「淑英も心にも無いことを言うな。雪瑞春の作成した書類が見やすくわかりやすいと、そなたも申していたではないか。珍《めずら》しく実務に秀《ひい》でた者だと褒《ほ》めたくせに」

陛下の言葉に、淑英が気まずそうに「それはそうですが」と言い、それでも胡散臭《うさんくさ》い、というように横目で瑞春を見た。

隣の視線は気になるが、それより瑞春は陛下の言葉に驚いていた。下っ端《ぱ》の自分が作成した書類が、皇帝陛下に読まれていたとは。

上司や先輩《せんぱい》からは、毎日あれを作れこれをやれと指示されるだけで、書類の使用目的などはいちいち説明してもらえない。

基本的に瑞春の存在は軽《かろ》んじられているので、陛下に見せるような重要書類は、もっと上の人たちが作っていると思っていた。

「雪瑞春。そなたはベータの『状元』だそうだな。それも十九で進士になるとは素晴《すば》らしい。天才とはそなたのことをいうのだろう」

「ありがたきお言葉。恐悦至極《きょうえつしごく》に存じます」

陛下がすぐ目の前にいて、しかも自分の仕事ぶりを目に留め、褒めてくれている。夢だろうか。瑞春は感激し、文字通りブルブルと震《ふる》えた。

「おい、大丈夫か。陛下。この男、また何かおかしなことになっていますよ」

隣から胡乱《うろん》な声が上がって、瑞春は慌てて身を引きしめた。

「お、おおお、お許しを。皇帝陛下から直接にお言葉を賜《たまわ》り、感激しているのでございます」

「感激にも限度があるだろう」

「これ淑英。そなたはもう黙《だま》っていなさい。雪瑞春」

陛下に呼ばれ、瑞春は飛び上がりそうになるのをどうにか押しとどめ、冷静な返事をした。

こちらが取り乱すと、また淑英にあれこれ言われそうだ。

「今日、呼んだのは、優秀で若いそなたを見込んで頼《たの》みたいことがあるからだ」

「何なりとお申し付けくださいませ、皇帝陛下。この雪瑞春、陛下の御《おん》ためならば、喜んで命を擲《なげう》つ覚悟《かくご》でございます」

「はは。頼もしいね。しかしそう、深刻なものでもないのだよ」

瑞春の重い忠誠心を、陛下はやんわり苦笑《くしょう》で受け流した。

「実は今、私とこの淑英とで、ある計画を立てていてね。身分にかかわらず優秀な人材を集めているのだ。それで雪瑞春、そなたにも計画に関《かか》わってほしい」

思いもよらない話で驚いたが、それはこの上もなく喜ばしい話だった。何の計画かは知らないが、身分にかかわらず人材を集めているというのが素晴らしい。

「光栄に存じます。誠心誠意努めさせていただきます」

潑溂《はつらつ》と答えると、陛下も嬉《うれ》しそうに「うん」とうなずく。

「集めた人材は今後、内宮に住み込んでもらう予定でいるのだが、差し支《つか》えないか？　雪は独身だったかな」

「はいっ。婚約者《こんやく》はおろか、恋人《こいびと》もおりません！」

力んで答えると、なぜか陛下だけでなく、淑英やその場に控《ひか》えていた宦官《かんがん》たちも笑った。

「ならばよかろう。秘書監には追って沙汰《さた》する。そなたは速《すみ》やかに今の業務を引き継《つ》ぎ、内宮に引っ越《こ》す準備をしてくれ。人手が必要ならば手配をする」

「お心遣《こころづか》い、ありがとう存じます」

努めて冷静を装《よそお》いながらも、瑞春は飛び跳《は》ねたい気分だった。

（すごい、夢のようだ。信じられない！）

これからは陛下と同じ内宮に住まうのだ。陛下の顔を見る機会もたびたびあるかもしれない。こんな夢のような話が、現実にあっていいのだろうか？

「それから紹介《しょうかい》が遅《おく》れたが、こちらは私の弟の淑英だ。今後は、彼がそなたの直接の上司となる。仲良くやってくれ」

「え」

高揚《こうよう》していた気持ちが、ヒュッと萎《しぼ》んだ。おずおずと淑英を振《ふ》り返る。淑英は相変わらず胡乱そうに、こちらを睥睨していた。

　それから一月の後、瑞春が城下の借家を引き払《はら》って引っ越したのは、内宮の西の端《はし》に作られた、「香林書房《こうりんしょぼう》」という建物だった。

　二階建ての住居棟《とう》と、日々の業務を行う執務棟《しつむとう》とに分かれている。両棟の間に食堂などの共有空間が設けられ、北側にはすぐ、皇帝陛下の私設書庫があって、そこへの出入りも自由になっていた。

「『香林書房』は平たく言えば、皇帝陛下直属の研究機関だ。それも、お前がいた『学士院』とは違《ちが》う。科挙の学問ではなく、様々な分野の研究を行う。ゆくゆくは研究だけでなく、政策の立案や人材の育成も行っていく予定だが、これはまだ先の話だな」

　淑英が言う。どことなく口調がぞんざいに感じるのは、瑞春の被害妄想《ひがいもうそう》だろうか。

　難癖《なんくせ》をつけられるのが嫌《いや》なので、いちおう、にこやかに相槌《あいづち》を打っておく。しかしまた、胡乱な目で見られてしまった。

　瑞春は今、内宮の西、「香林書房」にほど近い池のほとりの東屋《あずまや》で淑英から、皇帝陛下が起案する「香林書房」について、詳《くわ》しい説明を受けている。

　最初に陛下に呼ばれて、新たな計画に参画するよう命じられたが、詳細《しょうさい》を聞くのはこれが初めてだ。

　詳しいことはわからないまま、秘書省の仕事を同僚に引き継ぎ、引っ越しをした。自宅の婆《ばあ》やには、じゅうぶんな金をやって暇《ひま》を出した。

淑英はもう少し早い段階で説明をしようとしてくれたようだが、色々あって今日、瑞春の内宮への引っ越しと重なってしまった。

この一月は、瑞春も大変だったのだ。

まず、皇帝陛下より任命を受けたその夜から、熱を出して三日も寝込《ねこ》んでしまった。健康が取り柄《え》で、数日泊《と》まり込みで行った科挙試験でも体調を崩《くず》すことがなかったのに、こんなことは初めてだった。

医者には風邪《かぜ》でしょうと言われたが、身体《からだ》が疼《うず》いて火照《ほて》る。いつもの風邪とは様子が違う。

十三年前、陛下の即位式の直後に出した熱とよく似ていた。陛下直々に任命を受けたから、その興奮のせいかもしれない。事実、前回と同様に四日目になるとけろりと元に戻った。

瑞春は今回も陛下にお会いしたせいだと結論づけたが、淑英からの命で、五日間の休養をさせられた。瑞春の身を案じたわけではなく、何かの病気を内宮に持ち込まれたら困る、ということらしい。

休養明けに少しだけ顔を合わせた時も、

「本当の本当に、ただの風邪なのだな？」

と、念を押された。ただ、陛下に会えて興奮したせいだと思う、と自身の見解を述べると、気味悪そうな顔をされてしまった。

その後、仕事の引き継ぎと引っ越しに忙殺《ぼうさつ》され、淑英とは顔を合わせる暇もなかった。

主に大変だったのは秘書省の引き継ぎだ。大した作業でもないのに、同僚《どうりょう》や先輩たちから妨《ぼう》害《がい》され、遅々《ちち》として進まなかった。

下っ端でベータの瑞春が、陛下から直々に任命を受けたのが、気に食わないのだろう。そこで瑞春も初めて知ったのだが、陛下が今回、何を考えて内宮に人を集めているのか、官《かん》吏《り》たちはほとんど聞かされていないらしい。

いったい陛下は何を始めるおつもりかと、瑞春も秘書監をはじめ、先輩同僚やらにさんざん詰《つ》め寄られたが、こちらも詳しいことはわからない。

陛下の人材集めは、宮中でも少し前からだいぶ噂《うわさ》になっていたようだ。

もともと、今上《きんじょう》陛下は学問に親しみ、国民に広く教育を普及《ふきゅう》させようとしている人だ。何やら私設の研究機関を立ち上げると聞いて、家臣たちも陛下らしいと半分は納得《なっとく》したらしい。

ただ、登用する人材が様々で、宮廷《きゅうてい》で重きを置かれるアルファが三分の一にも満たないことから、本当に研究機関なのかと訝《いぶか》しむ声もあるようだ。

そう、ここ「香林書房」に集められた人材には、アルファだけでなくベータ、さらにはオメガも交じっていた。

老若《ろうにゃく》問わず、身分も様々で、若い宮中官吏、引退した地方官吏、貴族もいれば商家の出や、外国人もいる。よくぞここまで、様々取りそろえたものだと感心するほどだ。

「香林書房」の人材は「香斎侍従《こうさいじじゅう》」と呼ばれることになった。

今日は瑞春だけだが、今後ここ「香林書房」の住居棟には、「香斎侍従」たちのほとんどが住まうことになる。

ほとんど、というのは、「香斉侍従」にはオメガも採用されたためだ。オメガとベータがここに住まい、アルファは「香林書房」の敷地《しきち》の外にある別棟《べつむね》から通う決まりになった。

発情期のオメガの身を守る意味もあるのだろう。合理的だが、オメガの都合をアルファより優先させるなど、前代未聞《ぜんだいみもん》のことだ。

異例だらけで、瑞春にも何が起ころうとしているのか、さっぱり読めなかった。

まだ履歴書《りれき》で素性《すじょう》を知るだけの「香斉侍従」たちと、上手《うま》くやって行けるのかも不安だ。

「宮廷の人材は偏《かたよ》っている。ことに官吏は顕著《けんちょ》だ。科挙試験の弊害《へいがい》だろう。これが、陛下と私、それに一部の家臣たちの見解だ。進士のお前は、異論があるだろうがな」

こちらの不安などお構いなしに、淑英は素っ気なく言って、茶を一口飲む。

内宮の池のほとりには、春の花々が咲《さ》き乱れている。空は良く晴れていて、気候も暖かだ。

東屋で美しい庭を眺《なが》めながら茶を飲むなど、優雅《ゆうが》である。しかし、淑英と瑞春の間にある空気は優雅とは程遠《ほどとお》かった。

(この人は、進士がお嫌《きら》いなのだな)

一月前に初めて顔を合わせた時からそうだが、やたらと進士に辛辣《しんらつ》だ。瑞春も、頭がどうかしてるなどと言われたし。まあ確かに、挙動は不審《ふしん》だったかもしれないが。

「恐《おそ》れながら、淑英殿下《でんか》に申し上げます」

「儀礼《ぎれい》的な物言いはいい。人前ではともかく、二人の時は直截《ちょくせつ》に物を言うことを許す。これから共に仕事をするのに、いちいち畏《かしこ》まっていては時間の無駄《むだ》だからな」

そうなのだ。これからは、淑英が瑞春の直接の上司となる。陛下から聞かされた時は呆然《ぼうぜん》としたが、事態はさらに深刻だった。

なんと瑞春は、「香斎侍従」の侍従長に任命されたのである。「香林書房」の試みは、淑英が主幹となるといい、侍従長である瑞春はその秘書的な役割を担《にな》うことになるのだとか。

淑英の秘書と聞いて、陛下からの任命に高揚していた瑞春の心は深く沈《しず》んだ。

この、自分を気味悪そうに見る意地悪な男と、これから共に仕事をしなければならないのか。

他《ほか》に年長で、適任らしい人材はいるはずなのに、どうして瑞春が選ばれたのかわからない。

ただこの人事は、瑞春が呼び出された時からすでに決まっていたようだ。

そんなわけで瑞春は今、「香斎侍従」の中で一人だけ、いち早く住居棟に引っ越し、さらにこうして淑英と、一対一で話を聞かされているのだった。

「それでは、率直《そっちょく》に申し上げます」

瑞春は一言断った。淑英がチクチクといちいち嫌味《いやみ》を言うので、こちらも苛立《いらだ》っていた。

「先ほどから淑英殿下は、説明の合間合間に、やたらと進士に対する批判を繰《く》り返し挟《はさ》まれるのですが、その執拗《しつよう》な反復は仕事の説明に必要なのでしょうか？」

「なに……？」

こちらがそこまで直截に物申すとは、思わなかったのだろう。淑英がギョッと顔を上げた。

「淑英殿下が、科挙試験制度や、この制度によって登用された我《われ》ら官吏に批判的な意見をお持ちであることは、最初にお会いした時に理解しております。そのことについては、私も同意致《いた》すところは多々ございますし、『香斎侍従』たちが現行の官吏登用制度に対する反省を踏《ふ》まえて登用されたことも承知いたしました。ですからもうこれ以上、その件について繰り返し言《げん》及《きゅう》される必要はないと存じます」

「……っ」

直截に申せと言った手前、怒《おこ》るに怒れないらしい。淑英が悔《くや》しそうな顔をするので、瑞春はちょっとスッとした。また嫌味を言われないよう、さらにチクッと刺《さ》しておく。

「先ほどからどうも、殿下が老人のように同じ話をされるものですから、いっこうに話が進んでいないように感じられまして。畏まった物言いを時間の無駄だと仰《おっしゃ》る殿下のこと。合理性と効率を重視される方だとお見受けしましたので、僭越《せんえつ》ながら申し上げました。差し出た口を挟みまして、申し訳ございません」

言葉面《づら》だけは丁寧《ていねい》に、嫌味っぽい口調で言う。なるべく相手に苛立ちと屈辱《くつじょく》を与《あた》えるように、笑いを含《ふく》んだ流し目で見下すのがコツだ。

案の定、淑英のこめかみに青筋が立った。相手は皇弟《こうてい》である。下手をすれば不敬を働いたとして投獄《とうごく》、最悪は極刑《きょっけい》もあり得るのだが、陛下は公平な人だし、淑英は合理性を優先させるようである。嫌味を言ったくらいで、せっかく集めた人材を投獄するようなことはないだろう。解雇《かいこ》くらいはされるかもしれないと、ちらりと考えたが、淑英はそこまで小さな人間ではなかったようだ。

こめかみをひくつかせ、射殺しそうな目で瑞春を睨《にら》んだが、ふん、と不敵に笑った。

「清楚《せいそ》な顔立ちに似合わず、なかなかいい性格をしているようだな、雪瑞春」

「お褒《ほ》めにあずかり、光栄に存じます」

淑英はぐい、と酒をあおるように茶を飲み干した。苛立ちを治めるためだったらしい。大きなため息を一つついた時には、こめかみの青筋は消えていた。

「お前を侍従長に任命したのも、一つにはそういう、いやらしい性格を買ったからだ。童生時代のことから、お前のことを調べた。調べたのはお前だけではないがな。『香斎侍従』の候補に挙がった者は皆《みな》、正式に任命するまでに詳しい身辺調査をしている。内宮に上げるのだから、身分の怪《あや》しい者では困る」

童生というのは、科挙受験のための学校に入学した学生たちのことだ。郷里の夏京にいた頃《ころ》からのことを、本人が気づかぬうちに色々調べられていたらしい。

「童生時代に二人、級友を不登校にさせたそうだな。『学士院』でも一人、さらに秘書省に入ってからも一人、お前をいじめていた者が、お前の仕返しにあって辞《や》めている」

「はて。私には身に覚えのないことでございます」

「公《おおやけ》の記録になるようなへまはしない、ということだな。秘書省での噂は聞いているぞ。ヤバい奴《やつ》だから、関《かか》わらないほうがいいと。何をしたんだ」

「失礼な。存じませんよ」

ヤバいと言うなら、相手のいじめのほうが酷《ひど》かったのに。彼らに比べれば、瑞春の仕返しは他愛《たあい》ないものだ。ただ、何倍もしつこくて地味にいやらしいだけで。

「まあとにかく、そういう叩《たた》いても叩いてもへこたれない、逆に跳《は》ね返って相手を叩きのめす強靭《きょうじん》さと、それを公にさせない陰湿《いんしつ》さを買ったのだ。お前くらいイカレた奴でないと、出自の様々な『香斎侍従』たちの上には立てないだろうと」

さんざんな言われようである。しかし、思わぬところで評価されるものだと感心した。

「それから忠誠心だ。科挙の答案を見ても、また仕事ぶりを見ても、愚直《ぐちょく》で陛下と国家への忠誠に厚いことがよくわかる。……と、陛下はおっしゃったが、私はただの軽薄《けいはく》な『追っかけ』だと思っているがな」

さすが陛下、と震《ふる》えたが、次に「追っかけ」と聞いてギクリとした。顔に出ていたらしい。ふふん、と馬鹿《ばか》にしたように淑英が笑う。

「今回のことは私が主幹だと言っただろう。あれこれ調べて、そのまとめを陛下に報告申し上げた。陛下は心の清らかなお方だから、お前のことを純粋《じゅんすい》な忠臣だと思っているようだがな」

「私は陛下の純粋なる家臣です。何が仰りたいのですか」

ニヤッ、と目の前の男が笑った。悪辣《あくらつ》な表情だ。そういう、きつくはっきりとした表情が、この男には良く似合う。嫌《いや》な奴だと思いながらも、つい見惚《みと》れてしまうのだ。

「皇都に出てから、『御手印』を欠かさず購入《こうにゅう》しているそうだな。郷里でも、熱心な陛下の『追っかけ』だったのだとか」

やはり、そこまで調べられていたか。別に悪いことではないのだが、若い娘《むすめ》と同じようにはしゃいでいるのを知られたようで、何となくいたたまれない。

しかし淑英は、こちらが怯《ひる》んでいると見るや、さらに笑《え》みを深めた。

「なんでも郷里では、『御手印』が手に入りにくく、伝《つて》という伝を回って手に入れていたとか。親からもらう小遣《こづか》いを、ほとんどそれにつぎ込んでいたそうだな」

「な、そ、そこまで調べていたのですか」

「初回の『御手印』が手に入った時には、興奮してそこらじゅうで踊《おど》り回り、鼻血を噴《ふ》いて倒《たお》れたとか」

「どうしてそれを……」

両親しか知らないはずなのに。忘れたい黒歴史である。瑞春は真っ赤になった。しかし淑英は、素知らぬ顔で続ける。

「それがもとで、十六歳で初めて受けた郷試に落ちたのだとか。鼻血を出しすぎて。そんなことあるのか？　それを聞いて、こいつは本当にヤバい奴だと思ったんだ。それから『学士院』にいた時……」

「もう……もう、やめてください！」

思わず、懇願《こんがん》するように叫《さけ》んだ。途端《とたん》、淑英がニヤッと楽しそうに笑う。やられた、と心の中で臍《ほぞ》を噬《か》んだ。これはさっきの、嫌味の仕返しだ。

「そうだな。これ以上の与太《よた》話は時間の無駄だ」

本題に移ろうか、としれっとした顔をして言う。それから遠くに控《ひか》えていた宦官《かんがん》を呼んで、お茶のおかわりを持ってこさせたりする。

(くそぅ、くそぅ……)

悔しくてたまらず、瑞春はギリギリと相手を睨みつけたが、意趣返《いしゅがえ》しの方法が見つからない。覚えてろよ、と胸の内でつぶやき、心の手帳に淑英の名を刻みつけることしかできなかった。


科挙は何百年と、前王朝から綿々と受け継《つ》がれてきた制度である。身分の貴賤《きせん》なく、進士になりさえすれば大出世の道が開ける。

と、言うと有用な制度に思えるが、実際には膨大《ぼうだい》で難解な試験を乗り越《こ》えるために、子供の頃から勉強に没頭《ぼっとう》しなければならない。

受験のための国立学校に通う必要もあり、貧しい家庭ではこの学校に通うことができない。この結果、受験生はある程度裕福《ゆうふく》な家の子弟ばかりになった。

加えて、科挙偏重《へんちょう》の官吏《かんり》登用制度により、宮中は優秀《ゆうしゅう》な実務の担《にな》い手が慢性的に不足している。

科挙の始まった大昔とは違《ちが》い、現代ではこの芙国も、陸から海から、様々な国々と貿易を行っていて、世界の動向に無関心ではいられなくなった。

新しい時代に即《そく》した政治、経済が必要なのに、今の学者や官吏たちは、こうした動きに対応することができない。

「もはや科挙は、時代遅《じだいおく》れの制度だ。いつかは撤廃《てっぱい》したい。しかし、すぐには無理だろう。宮中はおろか、国中から反発を食《く》らう」

淑英が言う。淑英と瑞春は東屋《あずまや》で、新しく淹《い》れさせたお茶を飲んでいた。

瑞春への意趣返しが成功したためか、淑英もそれ以上はネチネチ進士を揶揄《やゆ》することなく、まともに話を続けるようになった。

「しかし、世界の動きは目まぐるしい。この国もすぐにでも変わらなくては、いずれ強国に飲み込まれるだろう。かつて我が祖先が、前王朝を倒して国を統《す》べたようにな」

瑞春は黙《だま》ってうなずいた。淑英のこの言葉を聞いて、皇都に住む人々の多くは「まさか」と一笑《いっしょう》に付すだろう。

芙国は強大な国家だ。ちょっとやそっとでは倒れたりしない。そう信じられている。

けれど、貿易都市である夏京にいた瑞春は、時代の流れを肌《はだ》で感じていた。特に西の国々の繁栄《はんえい》は恐《おそ》ろしいほどだ。瑞春が子供の頃は質素な服を着ていた西の国の商人たちが、今は絹の服に宝石をあしらった装飾《そうしょく》品をじゃらじゃらと身に着けて、貴族のような所作でやってくる。

瑞春が言うと、淑英もうなずいた。

「お前は夏京の出身だったか。そう、彼らがさらに力をつければ、我が国を侵略《しんりゃく》しようと考えるかもしれない。火急の変化を求められているのに、宮廷《きゅうてい》には危機感がない。官僚《かんりょう》に限らず、保守派の貴族たちもだ。そして皇帝《こうてい》陛下をはじめ私たち皇族は、彼らに強権を振《ふ》るうことができない」

お前ならわかっているだろう、というように、淑英は瑞春を見る。もちろん、知っている。今上陛下《きんじょう》の立場は微妙《びみょう》で危《あや》ういものだ。辛《かろ》うじて家臣たちを抑《おさ》える権力を保っているが、少しでも均衡《きんこう》が崩《くず》れれば、たちまち名ばかりの皇帝、傀儡《かいらい》に貶《おとし》められてしまう。

「噂《うわさ》だけは聞いております。今上陛下のご即位《そくい》の際、混乱があったと」

「混乱、というのは大人しい表現だな。時の重臣数名と、宦官の多くが処刑《しょけい》された。ちょっとした内乱だろう」

淑英は言って、皮肉っぽく口の端《はし》を歪《ゆが》めた。民《たみ》たちには知らされていないが、宮中に仕える瑞春は耳にしている。今上陛下の祖父、慶淳帝が崩御《ほうぎょ》してから、宮中はにわかに不穏《ふおん》になった。強権を振るっていた慶淳帝に比べ、その息子《むすこ》は大人しく病弱で、存在感に欠ける存在だった。そんな帝《みかど》のもと、家臣たちは急速に力をつけて行く。さらに、帝を幼少の頃から支えてきた宦官も、帝の信頼《しんらい》を受けて増長していった。

即位後、わずか数年で帝が崩御した時には、帝の側近だった宦官と、慶淳帝の重臣であった貴族とで勢力が真っ二つに分かれ、それぞれが次代の皇帝を擁立《ようりつ》しようとした。

結果、今上陛下を擁立した宦官側が勝利し、貴族派は内乱を企《くわだ》てたとして処刑されたのだが、宦官もまた、今上陛下を暗殺しようとしたとして、すぐに処刑されている。

つまり、貴族と宦官、どちらも傀儡を帝に立てて実権を握《にぎ》ろうとしたが、今上陛下に出し抜《ぬ》かれて排除《はいじょ》された、というわけだ。

（今上陛下、お強い）

その話を聞いた瑞春はスカッとして痺《しび》れたものだが、現実には今上陛下の辛勝《しんしょう》、というところだった。

二大勢力を廃《はい》し、皇帝としての実権を手放すことはなかったが、一度崩れた均衡は簡単には戻《もど》らない。宮中では依然《いぜん》として貴族や官吏、宦官が派閥《はばつ》を作って力を持ち、皇帝陛下が一つの政策を進めるにも、各派閥への根回しが必要だった。

さらに、先の内乱を治める際、今上陛下は皇室の年間費用を大きく削減《さくげん》することを家臣たちに迫《せま》られ、それを呑《の》まざるを得なかった。

もともと慶淳帝の代より、国庫は逼迫《ひっぱく》していた。慶淳帝が財政を顧《かえり》みず、次々と金のかかる政策を強行したからだ。

加えて慶淳帝は色を好み、彼の代で後宮は肥大していたため、毎年多くの税収が皇室の維持《いじ》費に流れていた。

国庫のために費用を抑えるのは当然のことだが、家臣たちはさらに、皇族の力を削《そ》ぐために、最低限の経費さえ削《けず》ろうとしたのだ。

今上陛下は、宮中を平定するために条件を呑んだものの、皇室の財政は傾《かたむ》いた。そこで苦肉の策として編み出されたのが、『御手印』である。

この計画は当初、家臣たちから馬鹿にされていたため、特に反対もされなかったようだ。

しかし、陛下の若く美しい容姿も相まって、国内で陛下の信奉《しんぽう》者たちは急増し、『御手印』も大いに売れた。おかげで皇室の財政は持ち直したと聞く。

「ここで何をするのか、おおよそ理解できました。新たな時代に対応できる国策を行えるよう、陛下が直属部隊を立ち上げる、ということですね」

「その通りだ」

淑英はそこで初めて、嫌味《いやみ》のない微笑《ほほえ》みを浮《う》かべた。そうすると、あくの強い印象が和《やわ》らいで、男っぽい艶《つや》が加わる。

どきりと心臓が跳《は》ねて、瑞春は不意に思い出す。

そういえばこの皇弟殿下《こうていでんか》、祖父に似て色好みという噂だった。男臭《くさ》い美貌《びぼう》と押し出しの強さで、さぞかし浮《う》き名を流してきたのだろう。実際、宮中でも男女を問わず淑英は人気がある。オメガ好きだというから、女色より男色を好むのかもしれない。

私はほだされたりしないぞ、と瑞春は見惚《みと》れかけた自分を戒《いまし》めた。

「この直属部隊が、宮中ですぐさま活躍《かつやく》するのは無理だろう。しかし、いつでも使えるように爪《つめ》を研《と》いでおく必要がある。取り組む分野は、政治、経済、産業、軍事などなど、多岐《たき》にわたる。ここに集めた人材はそれぞれに専門的な知識を有しているが、時には分野をまたいで解決しなければならないこともあるだろう」

どの分野も、それぞれが少しずつ絡《から》み合ってできている。学問として研究するなら一つを突《つ》き詰《つ》めればいいが、実務となると話は別だ。各専門家が話し合う場面が必要になるだろう。

「私に、その取りまとめをせよ、と」

口にしながら、なんだか大変そうだなと思った。黙々《もくもく》と一人で勉強や仕事をするのは得意だが、人と絡んで折衝《せっしょう》や根回しをするのは大の苦手だ。

皇帝陛下の命ならば、たとえ火の中水の中……とは覚悟《かくご》しているけれど、苦手なものは仕方がない。

「それができれば私も助かるが、そこまでは期待していない。お前は協調性がなさそうだしな」

また、余計なことを言い出した。しかしその通りなので、返す言葉もない。

「各分野の成果物を最終的にまとめるのは、私の役割だ。お前は私の秘書、助手、と言ったところか。まあ実際は、雑用係だな」

「雑用……」

「不服か？」

おうむ返しにつぶやくと、すぐさま小馬鹿《こばか》にしたような声がかかる。進士が雑用など自尊心が許さないのではないか、と言いたいのだろう。

あいにく、半端《はんぱ》な自尊心など持ち合わせていない。あるのは皇帝陛下への敬愛と忠誠だけだ。

「いいえ。ひいては皇帝陛下の御《おん》ためならば、雑用でも便所掃除《そうじ》でも喜んで致《いた》しましょう」

つん、と澄《す》まして答えると、淑英が目を丸くした。それからぶっと噴《ふ》き出す。声を上げて笑い出したので、離《はな》れて控《ひか》えていた宦官《かんがん》たちが驚《おどろ》いている。

「いや、頼《たの》もしい。頭のおかしい奴《やつ》だと思っていたが、ただイカレているわけではなさそうだ。お前は何か、他《ほか》の官吏《かんり》たちとは違うな」

「私がアルファではなく、ベータだからではないでしょうか」

イカレてると言われて内心ではムッとしたが、素知らぬ顔を作って答える。

「確かにアルファの官吏は無駄《むだ》に自尊心が高い。ベータの官吏は他にもいるが、彼らはアルファに揉《も》まれてみんなオドオドしているな。能力は同等なのに、どうも前に出られないようだ。そういう点で、お前は他のベータとも違《ちが》う」

いつの間にか、淑英は笑いを消していた。じっと探《さぐ》るような目が、瑞春を見据《みす》える。なんだか居心地《いごこち》が悪くなった。

「何が仰《おっしゃ》りたいんです」

「お前、本当にベータか？」

まるで犯罪でも追及《ついきゅう》するかのような、深刻な顔で言われ、思わずぽかんとしてしまった。

瑞春が性を偽《いつわ》っているとでも言いたいのだろうか。

「こんなことで、嘘《うそ》をついてどうするんです。アルファなのにベータのふりなんかしませんよ。皇族の方々はアルファなど珍《めずら》しくないでしょうが、平民は、アルファというだけで箔《はく》が付くんですからね」

郷里で神童と謳《うた》われた瑞春は、実はアルファなのではないかと、周りに幾度《いくど》となく言われた。

「いや……」

愚問《ぐもん》だと暗に言うと、相手は戸惑《とまど》った顔をする。それで、鈍《にぶ》い瑞春はようやく気がついた。

「もしかして、私がオメガだと疑ってらっしゃるんですか」

それこそ馬鹿げた問いだ。発情期のあるオメガが、アルファの受験生が集《つど》う科挙試験を、誰《だれ》にも知られずにくぐり抜けられるわけがない。

発情期はただでさえ辛《つら》いものだというし、申し訳程度の仕切りしかない房《ぼう》で、アルファたちと隣《とな》り合わせになり、何日も過ごすのだ。

奇跡《きせき》的に発情期を避《さ》けていくつもある試験を突破《とっぱ》できたとしても、宮中はアルファばかりだ。発情期のたびに休んでいては、たちまち怪しまれる。

「オメガの中にも、学問に秀《ひい》でた方はいらっしゃるでしょう。でも、現行の制度でアルファに交じって働くのは無理です。そんなことは、私に言われるまでもないと思いますが」

何を馬鹿げたことを言い出すのだろう。瑞春が鼻先で笑ったのを見て、淑英も納得《なっとく》したのだろうか。ようやくこちらを見据えるのをやめた。

「お前から、特別な匂《にお》いを感じたのだ。今はもう消えているが、まるでオメガの匂いのようだった」

「ええっ、オメガ？」

「発情期ほど強烈《きょうれつ》ではないが、オメガは常に微弱《びじゃく》な匂いを発しているようだ。ベータには……いや、通常はアルファにさえわかりにくいものだがな。私は普通《ふつう》より匂いに敏感《びんかん》なようで、発情期でなくても、オメガのそうした匂いを嗅《か》ぎ分けることがある。特に身体《からだ》の相性《あいしょう》の良《い》い相手は、強く感じる」

身体の相性。さらりと言われた言葉に、瑞春はかあっと顔が熱くなるのを感じた。

「私をそんな目で見てたんですか」

いやらしい。軽蔑《けいべつ》の眼差《まなざ》しを送ると、淑英もムッとして顔を赤らめた。

「見てない。好みの問題ではなく、身体の相性というのは、いわば本能的なものだ。アルファとオメガは互《たが》いの匂いに引き寄せられる。『運命の番《つがい》』というのを、お前も聞いたことがあるだろう」

「はあ。噂《うわさ》には聞いておりますが」

アルファとオメガには、番の契約《けいやく》というものが存在する。

互いの発情中、アルファがオメガのうなじを噛《か》むことで、契約が成立するのだ。番ができたオメガは、もう発情しても不特定のアルファを誘引《ゆういん》することはない。発情の香《かお》りは番相手にのみ効力を発するようになる。

アルファは複数のオメガと番になれるが、オメガの番は常に一人だけだ。番が亡《な》くならない限り、契約関係は続く。

身体の仕組みが切り替《か》わるこの番契約は、どのような原理なのか、まだ解明されていない。

ベータには関係のないことだが、アルファとオメガ、特にオメガにとっては重要なことだ。

オメガの多くは、できるだけ早急に番を作りたがる。番ができれば、発情による事故で無関係なアルファに襲《おそ》われることもないからだ。

とはいえ、アルファは複数の番を作れるため、心から安心できるものでもない。二人の関係性は、アルファの気持ち一つにかかってくるのである。

そうした自然の仕組みを、歪《いびつ》で不公平だと人々が感じたからだろうか。

いつの世からか、『運命の番』というものがまことしやかに語られるようになった。

「『運命の番』とは何でも、この世にただ一人の運命の相手で、一目会ったその瞬間《しゅんかん》に互いが運命の相手だとわかるとか」

運命の番であるアルファとオメガは、出会った瞬間に引き寄せられるのだという。その力は、互いに互いしか目に映らぬほど強く、複数の番を持てるアルファも、運命の相手以外には番を作る気がなくなると言うから、不遇《ふぐう》のオメガにとっては理想の存在だろう。

若い娘《むすめ》の好きそうな話だ。その手の恋愛《れんあい》小説が、市井《しせい》でよく出回っている。

「殿下も、信じてらっしゃるのですか。意外とお可愛《かわい》らしい」

ぷぷ、とこらえきれない笑いを漏《も》らすと、淑英は不謹慎《ふきんしん》を咎《とが》めるようにじろりとこちらを睨《にら》んだ。

「信じるのではない、確かにあるのだ。感覚的なものだから、ベータのお前に説明するのは難しい」

あくまでも、運命の番は存在すると言いたいらしい。まあ、瑞春にはどのみち関係のないことだ。存在しようがしまいが、特段の興味もない。

「だが先日、お前から特別な匂いがしたのは事実だ。心当たりはないか」

「そう言われても。私はどうも鼻がよくないようで、発情期の匂いもあまり感じないんですよ」

オメガの発情の匂いは強烈で、ベータでも薄《うっ》すらと嗅《か》ぎ分けるのだという。稀《まれ》に、ムラムラと情動を誘発《ゆうはつ》されるベータもいるのだとか。

ただ瑞春は鈍感《どんかん》な性質らしく、発情期のオメガに近づいても、あまり匂いを感じない。ためしにクンクンと自分の腕《うで》を嗅いでみたが、服の匂いしかしない。だが、それで「あっ」と思い出した。

「わかりましたよ、私から匂いがした理由が。お香《こう》です。うちにいた婆《ばあ》やは、服にお香を焚《た》き染《し》めてくれてたんです」

以前はしたけれど、今は匂わないという。今は書房《しょぼう》に移り住み、洗濯《せんたく》は宦官の使用人に任せている。お香の匂いは消えてしまっていた。

「私が独身であんまり身なりを構わないので、気遣《きづか》ってくれていたんです。そう高いお香ではないんですが、邪魔《じゃま》にならないいい匂いでしたよね、そういえば」

「香……？」

淑英は、ぽかんと口を開けた。それから拍子抜《ひょうしぬ》けしたような、落胆《らくたん》とも取れるため息をつく。

そんなに、瑞春がオメガでなかったのが残念なのか。

「そうか。疑って悪かったな。オメガの匂いだと思ったのだ。香と間違えるとは。私の勘《かん》も鈍ったか」

「私なんて、オメガが発情していても気づきませんよ」

とてもがっかりしているようなので、気を遣って言ってみる。励《はげ》ましたつもりなのだが、ため息をつかれてしまった。

「まあ、ここにはオメガも入り交じるから、鈍感な者が侍従長《じじゅう》なのは適任かもな」

「それなのですが。殿下《でんか》も仰ったように、私はどうも協調性に欠けるようです。子供の頃《ころ》から友達も少なかったですし。そんな人間に侍従長など務まりましょうか」

ようやく話が「香斎侍従」に戻《もど》ってきたので、この際だからと不安をぶつけてみた。どうせ淑英には馬鹿にされているのだから、取り繕《つくろ》う必要もないだろう。

こちらが弱音を吐《は》いたせいか、淑英は意外そうに眉《まゆ》を引き上げた。

「安心しろ。さっきも言ったが、お前にそこまで期待していない。最終的なまとめ役は私だ。お前は私の下に付いて、雑用をしていればいい」

対人能力や調整力はあまり、期待されていないらしい。かえって安心した。

「微力《びりょく》ながら誠心誠意努めますので、よろしくお願いいたします」

ほっとしたので、殊勝《しゅしょう》に頭を下げてみる。途端《とたん》、「はっ」と馬鹿にしたような声が降ってきた。

「無駄なぶりっこは陛下の御前《ごぜん》だけにしておけ。お前に楚々《そそ》とされると、鳥肌《とりはだ》が立つ」

「なっ」

せっかくこちらが礼を尽《つ》くしたと言うのに、あんまりではないか。ムッとして睨んだが、相手は素知らぬ顔をしていた。

「こき使うから、覚悟《かくご》しておくんだな」

こんな男とこれから、仕事をしなくてはならないのか。

(やっぱり不安だ)

秘書省も足を引っ張る者ばかりで大変だったが、こちらはこちらで苦労をしそうな予感がする。げんなりしたが、間もなくその予感は的中した。


「香林書房」に引っ越《こ》した翌日から、仕事が山積みだった。

今回、採用された「香斎侍従」は、瑞春を入れて二十八名。出自も身分も第二性も異なる彼らが、これからこの書房に住まい公私を共にしていくのである。

淑英から渡《わた》された履歴《りれき》書をもとに、住居の部屋割りから引っ越しの手配まで、決めることはいくらでもあった。

おかげで内宮に引っ越してから半月ほど、朝早くから遅《おそ》くまで休む間もなく働いている。

「本当の本当に雑用ばかりですね。しかも私一人だけが働かされている気がします」

様子を見に来た淑英に、瑞春は愚痴《ぐち》をこぼした。まとめ役は私だ、とか言っていたくせに、この半月、淑英は滅多《めった》に瑞春の前に顔を見せなかった。

最初に仕事を山ほど振《ふ》って、たまにちらりと様子を見に来るだけだ。瑞春があれこれ足りない物の手配を相談すると、わかったとだけ言ってさっさと帰ってしまう。こちらの要望はいずれも、人を介《かい》してきちんと叶《かな》えられるものの、引っ越してから今日まで瑞春一人が働かされているような気がしてならない。

「最初に雑用係だと言っておいただろう。侍従長はお前一人しかいないんだから、働いているのはお前だけだ」

淑英の返事はにべもない。そういう意味ではなく、淑英が仕事をしないことに文句を言っているのだが、まったく通じていない。

今だって、こちらが昼食を取る間もないくらい忙《いそが》しくしているというのに、東屋《あずまや》に呼びつけて茶など飲んでいる。

「ともかくも、侍従たちの引っ越しが始まる前に、目鼻が付いてよかった」

「だから、明日《あした》から引っ越しが始まるので、忙しいんです」

誰《だれ》かさんは暇《ひま》でしょうけど、という嫌味《いやみ》は、さすがに皇族相手なので口にしないでおく。

「そうだな。私は顔を出せないので、よしなに頼《たの》む」

初日くらい、顔を出せばいいのに。思わず眉を引き上げると、淑英はクスッと笑った。

「引っ越しが終わって全員が揃《そろ》った日には、挨拶《あいさつ》に顔は見せる。引っ越しでゴタゴタしているのに、私が出向くと手が止まるだろう。みんな皇族には恐《おそ》れ畏《かしこ》まり、無暗《むやみ》にへりくだるものだ。お前と違《ちが》ってな」

また嫌味だ。

「社交辞令や儀礼《ぎれい》は時間の無駄《むだ》だと、皇弟《こうてい》殿下が仰《おっしゃ》いましたので。お望みでしたらこの場でも額《ぬか》ずいてお許しのない限り黙《だま》っていることに致《いた》しましょう」

席を立って淑英の前に膝《ひざ》をつこうとしたが、その時、腹の虫がググーっと鳴った。

かなり大きな音だった。淑英がプッと噴《ふ》き出すので、瑞春は真っ赤になる。

「お前は、腹の虫までやかましいのだな」

「い、忙しくて、昼ご飯を食べてないんです」

ゴニョゴニョ言い訳すると、淑英は笑いながら宦官《かんがん》を呼んだ。

「私の宮に行って、誰かに一人分の軽食を持ってこさせてくれ」

「あ、いえ。そのような……」

そこまでしてもらうのは忍《しの》びない。しかし淑英は「いいから」と鷹揚《おうよう》に言って、宦官を下がらせた。

「この書房からは、私の宮が近いんだ。というか、私の宮の近くに書房を建てさせた。うちは人が多いから、厨房《ちゅうぼう》にはいつも何かしら軽食が用意してある」

淑英の言う通り、間もなく先ほどの宦官と共に、籠《かご》を抱《かか》えた若い男が現れた。使用人にしては身なりの良《い》い男だった。瑞春がいぶかしんでいると、淑英が驚《おどろ》いたように立ち上がる。

「思流《しりゅう》！」

淑英は叫《さけ》ぶなり、慌《あわ》ただしく青年のもとへ駆《か》け寄って行く。青年はそれを見て、嬉《うれ》しそうな笑《え》みを浮《う》かべた。

「わざわざお前が届けることはなかったのに。身体《からだ》は大丈夫《だいじょうぶ》なのか」

青年に近づくと、淑英は彼の手から籠を取り上げ、心配そうに顔を覗《のぞ》き込む。

いつもの、瑞春に対するぞんざいな態度とはぜんぜん違う。まるで壊《こわ》れやすいガラス細工に触《ふ》れるようだった。

「はい。もうすっかり。風邪《かぜ》と発情期が重なっただけで、どちらも良くなりました」

彼はオメガだ。瑞春は青年の身分に気づき、慌ててその場にひざまずいた。

「思流、彼が例の侍従長、雪瑞春だ」

淑英が瑞春を紹介《しょうかい》すると、思流は「ああ、あの」と、好奇心《こうきしん》をいっぱいにした目で瑞春を見た。例の、とはどういう意味だろう。ろくでもない噂話《うわさばなし》をしていたに違いない。

「瑞春。彼は私の妃《きさき》、思流だ」

「思流殿下、お初に御目《おめ》にかかります。雪瑞春と申します」

思流ははにかんだような笑みを浮かべ、

「あなたがベータの『状元』ですか。『雪佳人』の噂《うわさ》通り、美しい方ですね」

と言った。しかし、そういう思流こそ美しい。年は瑞春と同じくらいだろうか。長い髪《かみ》は艶《つや》やかでよく手入れされており、身体の線は細くたおやかで、儚《はかな》げな印象があった。

「食事を持ってきてくれてありがとう。さあ、もう帰りなさい」

「そう追い立てないでください。ずっと部屋にこもりっぱなしで、身体が鈍《にぶ》っていたんですよ」

「それはわかっているが、お前はまだ、身体が万全《ばんぜん》ではないのだから」

思流が拗《す》ねたように頬《ほお》を膨《ふく》らませると、淑英は優《やさ》しくなだめる。その様子は仲睦《なかむつ》まじく、似合いの番《つがい》に見えた。瑞春など、まるきり蚊帳《かや》の外だ。

思流は宦官に付き添《そ》われ、淑英の宮に帰って行った。淑英はそれを心配そうに見送っていたが、くるりとこちらを振り返るとぞんざいに瑞春へ籠を押し付けた。

「冷めないうちに食べろ」

この変わりようだ。まあしかし、思流は妃、瑞春は部下なのだから仕方がない。

「ありがとうございます。お手数をおかけしました」

籠の中には、蒸《む》した饅頭《まんじゅう》やおこわが入っていた。どれも美味《おい》しそうだし、量もたっぷりある。いちおう淑英にも勧《すす》めたが、自分はいいというので、ありがたく瑞春だけで食べることにした。

旺盛《おうせい》な食欲《しょくよく》を見せる瑞春を、淑英はお茶を飲みながら、変わった動物を見るように眺《なが》める。

「お前は良く食べるな。あと、食べるのが早いな」

「下っ端《ぱ》官吏《かんり》は、『早飯早便は芸のうち』と申しますからね。何でも早く済ませなくてはならないんです」

早便、という下品な物言いに淑英はちょっと嫌《いや》な顔をしたが、官吏《かんり》の間で流布《るふ》している言葉なのだから仕方がない。

お前は、と淑英は言った。誰と比べているのだろうと、饅頭を齧《かじ》りながら考えて、先ほどの思流のことかと思い至る。

「思流様は、食が細いのですか」

「ああ。小鳥ほどしか食べない。身体を丈夫にするためにも、もっと食べてもらいたい。まあ、うちにいる妃たちはみんな小食だが」

ちらりとこちらを見た視線が、「お前と違って」と嫌味を言っているように見えた。被害妄《ひがいもう》想《そう》かもしれないが。

「殿下《でんか》はお妃様を何名お持ちなのですか」

ふと興味を惹《ひ》かれて聞いてみる。淑英は一、二、と指を折って数えた。

「六人だ。思流が六人目で、一番若い」

「すごいですね」

思わず感心してしまった。皇族貴族で、妃を大勢持つのは珍《めずら》しいことではない。

しかし六人という、多すぎず少なすぎないところが、生々しい感じだ。六人もいたら夜の相手をするのも大変だろう、などと考えてしまう。しかも妃はすべてオメガなのだ。発情期の情交はどれだけ激しいのか。

(見かけ通り、性豪《せいごう》なんだな)

こちらの不躾《ぶしつけ》な思考が漏《も》れていたのか、淑英は「ふん」と皮肉っぽく鼻を鳴らす。

「お前は一人でも持て余しそうだな」

確かに、性欲は薄《うす》い方かもしれない。学校の同級生や秘書省の同僚《どうりょう》たちは、集まるといやらしい話ばかりしていたが、瑞春はその手の話に興味が持てなかった。

「いいんです。今のところ結婚《けっこん》は考えていませんから。それより、せっかくこうして革新的な計画に加われたのですから、国を良くするために身を粉にして働きます」

そう、個人的には色々と不安があるものの、今回の「香林書房」の計画は、とても良い案だと瑞春も思っていた。案だけでなく、実行に移すところも素晴《すば》らしい。さすが皇帝陛下《こうてい》。難しいが、それだけにやり甲斐《がい》のある試みだ。敬愛する皇帝陛下の下《もと》で、そんな試みに参画できることは嬉しいし誇《ほこ》らしかった。

自分にできる限りのことはやりたいと思っている。

「国を良くするため、か」

不意に淑英の声がして、瑞春ははっと我《われ》に返った。また嫌味を言われるかな、とちらりと相手を見る。

しかし、目の前にあったのは予想に反して、柔《やわ》らかな微笑《ほほえ》みだった。淑英は椅子《いす》の背もたれに身を預け、くつろいだ様子でこちらを眺めている。

「顔に似合わず、なかなか熱い男だな」

楽しそうに笑うその目が優しくて、瑞春は心臓が跳《は》ねるのを感じた。

「顔に似合わずって、どういう意味ですか。別に熱くなどありません。いやしくも国家に仕える官吏なのですから、国や民《たみ》のことを考えるのは当然のことです」

まあ実際、官吏たちの多くは私腹を肥やすことに熱心なのだが。でも、官吏とは本来そういうものだと思う。

今度こそ嫌味が来るかと思ったが、顔を上げるとまたあの優しい目にぶつかる気がして、前を見ることができなかった。

「官吏にだって、清廉潔白《せいれんけっぱく》な人材はいくらもいるのですよ。ただ、そういう人は出世できないだけで。まあ、国政を担《にな》うには必ずしも善良なだけではいけないのでしょうけど。清濁併《せいだくあわ》せ呑《の》むことが必要と言うか……」

胸の高鳴りを誤魔化《ごまか》すために、瑞春はペラペラと一人で喋《しゃべ》り続けた。しかし、いつものようにうるさいとか、よく喋るな、とかいう茶々が入らない。

訝《いぶか》しく思って顔を上げると、なんと淑英はいつの間にか眠《ねむ》っていた。

「……は？」

人が喋っているのに、いやそもそも呼びつけたのは自分の方なのに、居眠りをするとはどういうことか。

ゆすり起こそうかと思ったが、気持ちよさそうな寝息《ねいき》を立てているのでためらわれる。

仕方なく瑞春は、居眠りをする男の前で黙々《もくもく》と食事を平らげた。食べ終わってお茶を飲み干しても、男は目覚めない。

よく見ると、淑英の目の下には隈《くま》があった。寝不足なのだろうか。

(毎晩、閨房《けいぼう》に励《はげ》んでるのかな。六人もお妃がいるのだし)

そんな下世話なことを考えているうちに、風が出てきた。瑞春はソロソロと席を立ち、近くに控《ひか》えていた宦官を小声で呼ぶ。

淑英が眠ってしまったので、何か上掛《うわが》けが欲しいと言うと、相手は驚《おどろ》きながらもすぐ、どこからか毛布を持ってきてくれた。

「驚きました。淑英様が人前で居眠りをなさるなど」

毛布を手に、小声で言う宦官《かんがん》は、淑英の下でもう何年も働いているのだそうだ。淑英を慕《した》っているようで、少し心配そうに主人の寝顔を窺《うかが》っている。

「あまり寝ておられないようだね。目に隈ができてる」

「淑英様はいつもお仕事がご多忙《たぼう》ですが、書房の手配などあって、近頃《ちかごろ》は特にお忙《いそが》しいのです。私たちが休んだ後も、宮の書斎《しょさい》で夜遅《よるおそ》くまでお仕事をされていて」

「殿下はそんなにお忙しいのか」

瑞春は驚いた。皇帝陛下の執務《しつむ》を助けていると言うが、たまに瑞春を呼びつけてはこうして優雅《ゆうが》にお茶を飲んだりしているし、大した仕事はしていないと思っていた。

宦官はそんな瑞春の胸の内を察しているかのように、小さく微笑んだ。

「恐《おそ》らく、皇族の方々の誰《だれ》よりもお忙しくていらっしゃるでしょう。ご体調のすぐれない皇帝陛下のお仕事も、肩代《かたが》わりされておりますから」

よほど疲《つか》れているのか、宦官が毛布を掛けても淑英は目を覚まさなかった。

「そうなのか……」

初めて知った。瑞春はまじまじと淑英を見る。

無防備に眠っていて、精緻《せいち》に整った美貌《びぼう》がいつもよりあどけなく見える。

皇帝陛下によく似た、けれど傲慢《ごうまん》で嫌味《いやみ》な男。そう思っていたのに。

妃《きさき》に対しては壊《こわ》れ物を扱《あつか》うように優しくて、いつも人一倍働いているけれど、それを他人に気づかせない。

（よくわからないお人だ）

端整《たんせい》な寝顔が初めて見る人のように思えて、瑞春は長いこと淑英から目が離《はな》せずにいた。


書房の準備が整うと、いよいよ「香斎侍従」たちが引っ越《こ》してきた。

瑞春は準備万端《ばんたん》整えて、不測の事態にも備えていた。様々な身分や経験の人材を集めたのだから、きっとそれぞれに個性があるだろうと予想もしていたけれど、実際にやって来た彼らは、瑞春の想像とはだいぶ違《ちが》っていた。

個性的というか、自由人というか、わりとかなり非常識な人たちだ。

「えっ、二階？　私の部屋は二階なのですか？　土いじりが趣味《しゅみ》だと申しておきましたのに。地に足がつかない二階なんて。二階だなんてっ」

「もっと狭《せま》い部屋はありませんかのう。長年の貧乏暮《びんぼうぐ》らしで、広すぎると落ち着かんのです」

「あの、部屋で猫《ねこ》飼ってもいいですか？」

こちらは朝から休む間もなくてんてこまいなのに、みんながめいめいに好き勝手を言う。使用人の宦官たちにもあれこれ注文をつけているようだが、その使用人たちも瑞春に判断を仰《あお》ぎにくるので、余計に忙しかった。

(私は上司なのに)

これでは侍従長《じじゅう》ではなく、本当に雑用係だ。

それでも部屋割りを急遽変更《きゅうきょへんこう》したり、使用人に指示を出したりしてその場を凌《しの》ぎ、引っ越しを進めた。住居棟《とう》での引っ越し作業が一段落つくと、今度はアルファの侍従たちが入居する別《べっ》棟《むね》にも様子を見に行かなくてはならない。

昼ご飯を食べる間もなく別棟へ移動すると、見知った人物がいた。履歴《りれき》書で彼が来ることは知っていたが、ちょっとげんなりする。

「久しぶりだな、雪瑞春。ベータのくせに、俺たちアルファの官吏《かんり》を差し置いて、侍従長に抜《ばっ》擢《てき》されたそうだが。その器《うつわ》かどうか甚《はなは》だ疑問だな」

顔を合わせるなり、そんなことを言われた。

「劉大人《りゅうたいじん》。お元気そうですね」

男は劉伯雲《はくうん》という、同じ皇宮に仕える官吏であり、学士院の同期でもある。

学士院は進士の中でも特に優秀者が集《つど》う場所だ。科挙試験の上位三名は無条件に入所できる。しかしそれ以外の者は、最終試験の殿試の後、さらに朝考という試験が課された。この朝考の順位によって、学士院に入れるかどうか、中央官僚《かんりょう》になれるか地方赴任《ふにん》になるかが決まるのである。

伯雲は朝考でそこそこの成績を取り、学士院に入った後、やっぱりそこそこいい成績を取り続け、兵部《ひょうぶ》という、軍事を司《つかさど》る部署に配属された。

西の秋京《しゅうけい》出身、父親は地方の高官というお坊《ぼっ》ちゃんで、いかにもアルファらしい、逞《たくま》しく男らしい身体《からだ》つきと端整な顔立ちをしている。本人も優《すぐ》れた容姿が自慢《じまん》のようだ。

なのに、自分と同期の状元がよりによってベータで、しかも「雪佳人」などと容姿をもてはやされたものだから、彼は学士院にいた頃《ころ》から、瑞春に並々ならぬ敵愾心《てきがいしん》を燃やしていた。

今回も出し抜《ぬ》かれたと思っているのだろう。瑞春を憎々《にくにく》しげに睨《にら》みつけている。

「もちろん、侍従長の器がないとわかれば、すぐに任を解かれるでしょうね。『香林書房』は従来の科挙に関係なく、様々な人材を登用しています。科挙の成績に関係なく能力重視とのことですから、いくら官吏としての成績がよくても、うかうかしていられませんよ。……ええ、たとえ『状元』でもね」

お前は私より成績が下だろう、という蔑《さげす》みを視線に含《ふく》ませて笑うと、伯雲は悔《くや》しそうにギリッと奥歯を嚙《か》みしめた。

「……くっ」

「ホホホ、それでは私は急ぎますので、失礼」

先ほどまで、自由気まますぎる連中に心が鬱屈《うっくつ》していたので、ちょっとすっきりした。

「雪、見てろよ。すぐにこの俺が侍従長になってやる」

(それなら今すぐ替《か》わってほしい)

伯雲は、あの住居棟の連中をまだ目にしていないのだ。内心でぼやきながら、「楽しみにしています」とにっこり返す。伯雲がさらに何か言おうとするのを、彼の近くにいた別のアルファがたしなめていた。

「お、おい、伯雲。その辺にしておけよ。我々《われわれ》の上役なんだぞ」

オロオロしながら良識的なことを言うその男に、瑞春は軽く目礼をしてその場を立ち去った。

「香斎侍従」にも、まともな人がいるのだ。

(確かあの人は、王子浩《おうしこう》といったかな)

長身でやや痩《や》せぎすの男の顔と、履歴書にあった身体的特徴とを突《つ》き合わせる。前身は地方官吏で、郷里は伯雲と同じ秋京だった。年齢《ねんれい》は三十六だったか。故郷に妻と娘《むすめ》がいるはずだ。伯雲とは少し年が離れているが、気の置けない様子だったから、故郷の知り合いなのかもしれない。

アルファの別棟を一通り見回った後、住居棟へ戻《もど》る。

そこではまた、侍従たちが好き勝手な行動をしていて、たしなめたりなだめたりしつつ、引っ越し作業を続けた。

こうして三日ほどかけて、ようやく全員の引っ越しが終わった。「香林書房」にようやく、二十八名全員の香斎侍従たちが揃《そろ》ったのだ。ギリギリだが、予定通りの日程で終えられて、瑞春は胸を撫《な》でおろした。

一同が集まったところで、淑英が書房に現れた。集まった侍従たちに労《ねぎら》いの言葉をかけに来たのだが、皇弟殿下《こうていでんか》を前にしても、侍従たちの態度はバラバラだった。礼儀《れいぎ》のなっていない者

もいて、瑞春は冷や汗《あせ》をかく。

内宮で暮らすにあたって、瑞春はあらかじめ、礼儀や心得などを書きつけた書簡を侍従たちに渡《わた》していたが、真面目《まじめ》に読まない者がいることは想定していなかった。

「弟の方か。天子様が見られると思ったのにな」

声も潜《ひそ》めずそんなことを言う者もあって、瑞春はギョッとした。

「ちょ、ちょっと、そこのあなた。不敬なことを言うと、打ち首ですよっ」

目を吊《つ》り上げて怒《おこ》ると、発言をした男は途端《とたん》に怯《おび》えた顔になった。深く考えずに、思ったことを口にしたらしい。

「えっ、打ち首……」

他《ほか》の侍従たちもざわめく。淑英が話をしている途中《とちゅう》だというのに、これもまた無礼だ。というか、小さな子供が集まっているみたいだった。

瑞春がさらに侍従たちを叱《しか》ろうとすると、淑英は片手を挙げてそれを制した。

「いい。せっかく集めた人材だ。あっさり殺してしまったのでは、甲斐《かい》がなかろう」

鷹揚《おうよう》な笑《え》みを浮《う》かべたまま、物騒《ぶっそう》な言葉を放つ。ことさら大きな声を上げたわけではないのに、淑英の声は部屋の隅々《すみずみ》までよく通った。

それまで好き勝手に喋《しゃべ》っていた侍従たちが、思わず、というように押し黙《だま》る。淑英はそんな彼らをぐるりと見回した。

「ここは皇帝陛下《こうていへいか》の御座《おわ》す皇城、そしてお前たちは皇帝陛下直属の家臣である。家臣の恥《はじ》は陛下の恥であると心得よ。陛下を貶《おとし》める者は、その命を以《も》って贖《あがな》ってもらう」

侍従たちは凍《こお》りつき、その場はシン、と静まり返った。瑞春でさえ一瞬《いっしゅん》、心臓を摑《つか》まれたように動けなかった。

普段《ふだん》は飄々《ひょうひょう》としている淑英は、こんなふうに冷たく人を威圧《いあつ》することもできるのだ。

瑞春が言葉もなく見つめていると、淑英はちらりとこちらを見て、微《かす》かに笑った。

「とはいえ、お前たちに期待するのは宮中作法ではなく、卓越《たくえつ》した頭脳と知識、それに常識にとらわれない自由で柔軟《じゅうなん》な発想だ。無礼の一つや二つ吹《ふ》き飛ばせるような成果を、ぜひ上げてほしい」

口調を気さくなものに変えると、強張《こわば》っていた侍従たちの身体が、弛緩《しかん》するのがわかった。

「金か、名誉《めいよ》か、あるいは忠義か。『香林書房』に来た理由は様々あろうが、ここで良《い》い結果を出せたなら、お前たちの望みも叶《かな》うだろう。よく励《はげ》むように」

淑英が言葉を続け、最後に人懐《ひとなつ》っこく微笑《ほほえ》むと、その場の空気はさらに明るいものに変わる。

あれほどざわざわと落ち着かなかったのに、みんなの意識が淑英に向かっている。

そこまで大層な演説をぶったわけではない。ただ、ほんのちょっとした仕草や言葉の呼吸で、場の空気を作るのが上手《うま》かった。人の心を摑むことに長《た》けているのだ。

瑞春には逆立ちをしても真似《まね》できないことだ。あっという間に侍従たちの興味を引いた淑英に感心してしまい、ちょっと悔しい気持ちになる。

そんな瑞春に気づいたとは思えないが、淑英はまたこちらを見て、ニヤッと人を食った笑みを浮かべた。

引っ越《こ》しを終えたその日の午後、瑞春はまた一人で淑英に呼ばれた。現時点でわかっている問題点の報告と相談、それにこれからの仕事の進め方などを話し合うためだ。

執務棟《しつむとう》の最奥が淑英の執務室になっており、そこでお茶と軽い食事を振る舞《ふま》われた。

「だいぶ苦労しているようだな。『香斎侍従』たちは、宮廷《きゅうてい》の不遜《ふそん》な官吏たちとは、また勝手が違《ちが》うだろう」

楽しげに言われて、ムッとする。

「変人ばかりですね。天才と何とかは紙一重《かみひとえ》と言いますが、奇人《きじん》変人大集合ですよ。ここでまともなのは私と、あと数名だけです」

ここぞとばかりに愚痴《ぐち》をこぼすと、淑英はなぜか、ぶっと噴《ふ》き出した。

「なんですか。何かおかしなことを言いましたか」

「いや。誰《だれ》しも自分のことは、客観視できないものだと思って」

「どういう意味です」

まるで瑞春が変人だと言いたげだ。目を吊り上げると、淑英は愉快《ゆかい》そうに笑いながら、瑞春の手元にあった書類を指した。

「それを、ちょっと貸してみろ」

淑英に報告するために作った書類だ。瑞春がいちいち読み上げていたのだが、淑英はそれを奪《うば》い、「私が目を通す間に、お前は食事をしろ」と命じた。

昼は食事をする間もなかったので、実は腹ペコだった。出された軽食を食べたいけれど、読み上げていると食べられない。いつ腹の虫が鳴るか、ヒヤヒヤしていた。

言葉に甘えて、目の前の饅頭《まんじゅう》にかぶりつく。内宮の厨房《ちゅうぼう》係を連れてきたせいか、書房の食事はとても美味《おい》しい。瑞春がついつい夢中で食事をしている間に、淑英は筆を執《と》って書類に所見を書きつけていた。

「……部屋割りはこの通りでいい。猫《ねこ》を飼う件は保留だな。警護の都合があるとか何とか、気を持たせる回答をしておくといい。頭ごなしに否定するとヘソを曲げられるかもしれない。それからこれと、あとこっちは、お前がやるのではなく誰か人を選定して任せろ。住居棟の管理は使用人頭《がしら》の仕事だな。それから……」

書類を読む速度も速ければ、決断も早い。しかも下された決断は、どれも納得《なっとく》のできるものばかりだ。瑞春は途中で饅頭を食べるのも忘れて、淑英の仕事ぶりに見入ってしまった。

報告書の確認《かくにん》を終えると、それを瑞春に戻す。あっという間に終わった。

「それと、さっき書房を見回ったが、まだ人手が足りていないようだな。取り急ぎ、明日までに使用人を三名追加する。半月後にまた三名増員するから、その旨《むね》を使用人頭に伝えておいてくれ。急に足しても混乱するだろうからな」

瑞春が言おうかどうしようか迷っていたことについても、こちらが食事を終える間にさっと片付けてしまった。

人は明らかに足りていないのだけど、先日、愚痴を言って使用人を増やしてもらったので、さらに増やしてくれとは言いづらかったのだ。

「お前は一人で抱《かか》え込む性質のようだから言うが、今後、言いにくいと思うことがあっても私には相談しろ」

さらに見透《みす》かすようにそんなことを言われて、驚《おどろ》いた。秘書省の上司とは、いい意味で違いすぎる。

呆《ほう》けた顔をしていたのか、「聞いてるか？」と覗《のぞ》き込まれた。

「定期的に報告をしてもらおう。お前が緊急《きんきゅう》を要すると判断した場合は、すぐにでも知らせに来い。朝でも夜中でも構わん。周りの者には話をつけておく。私ももう少し、こちらに顔を出したいのだが、これでなかなか多忙《たぼう》でな」

少し前なら、本当に忙《いそが》しいんですか、とかなんとか、嫌味《いやみ》の一つも返していた瑞春だが、淑英が東屋《あずまや》で寝入《ねい》ってしまったあの日、お付きの宦官《かんがん》から話を聞いてから、何も言えなくなった。

あの後、淑英は小一時間ほど眠《ねむ》っていた。本人も不覚を取ったとバツが悪そうにしていたが、瑞春の前で居眠《いねむ》りするくらいだから、よほど疲《つか》れていたのだろう。

今もきっと多忙で疲れているのだろうが、微塵《みじん》もそんな様子は見せない。

飄々として、大して仕事をしていないように見えるが、彼が隅々にまで気を配っているのは今、目の当《ま》たりにした通りだ。

振《ふ》り返ってみれば、彼との仕事はとてもやりやすかった。「香林書房」の話を受けてから、淑英と共に準備に着手してきたが、こちらがこうしてほしいと言えばすぐに動いてくれる。

こちらで願い出て、実現が難しいものには代替案《だいたいあん》を示してくれた。決断も早い。早すぎて、最初はちゃんと話を聞いていないのではないかと不安に思っていたが、そんなこともなかった。

下の者の意見をよく聞き、吟味《ぎんみ》してただちに決断を下す。頭の回転が速く、知識が豊富で、さらに剛胆《ごうたん》だからこそできることだった。

認めるのは何となく悔《くや》しいけれど、淑英はできる男だ。

「どうした、難しい顔をして。食事が足りないのか」

いつの間にか空の皿を前にして、そんな表情になっていたらしい。淑英が使用人に追加の料理を持ってこさせようとするから、「違います」と慌《あわ》てて否定した。

「ただその、私は淑英様のようにはできないなと思いまして。仰《おっしゃ》るように、何でも一人で抱え込んでしまいます」

一人で黙々《もくもく》と仕事をするのは得意だが、人と何かをするのは不得意だ。引っ越して来た侍従《じじゅう》たちにも舐《な》められまくって雑用係になっていたし、やっぱり侍従長は荷が重い気がする。

淑英と比べると、自分がひどく不出来な人間に思えた。

「私は人を使うのに慣れてるからな。お前は今まで新米の下っ端《ぱ》だったんだ。上に立つのに慣れていないのは当たり前だ。だがそれでも、お前はよくやっていると思うぞ。おかげで私も、書房《しょぼう》のことは任せきりにできたので、ずいぶん助かった」

不意に褒《ほ》められたから、瑞春は驚いて視線を上げた。悪辣《あくらつ》でも優《やさ》しくもない、いたずらっぽい目がこちらを見ている。

「なんだ、驚くことか？」

「淑英様からお褒めいただけるとは思っていなかったので」

「評価は正当にするさ。お前はよくやっている。あの連中には手を焼くだろうが、お前ならまとめられるだろう。毒を以《も》って毒を制すと言うが、変人は変人を以って制す、というわけだな」

「私が変人だと言いたいのですか」

せっかく見直したのに、すぐこういうことを言う。瑞春が睨《にら》むと、淑英は楽しそうに口を開けて笑った。

「とにかく頑張《がんば》ってくれ。『香斎侍従』は給料がいい。きちんと勤め上げれば、ひと財産作れるぞ」

確かに、「香斎侍従」の給料は並の官吏《かんり》より上だ。瑞春は侍従長なので、さらに高かった。

「別に、金儲《かねもう》けのために働いているわけではありません。幸い実家の両親も暮らしには困っておりませんし。これからも発売日に『御手印』が手に入れば、文句はございません」

もう淑英には趣味《しゅみ》がバレているので、隠《かく》すことなく口にできる。

「……ああ。『御手印』な」

淑英はつぶやいて、なぜかニヤニヤ笑った。何だろうと首を傾《かし》げたが、その時は教えてくれなかった。

「香斎侍従」の面々も集《つど》い、本格的に書房での勤めが始まった。

といっても、ここではみんな、生活時間も勤務形態もバラバラだ。

書房では住居棟の個室が与えられている他《ほか》、執務棟でも一人ずつに部屋が割り振られている。

ただ、毎朝規則正しく自分の執務室に出勤するのは、瑞春とほんの数名だけだ。他の者は住居棟にこもって出ない者もあるし、夜になるとゴソゴソ起き出して、執務室の辺りをうろついていたりする。

ここではそれが許されている。どこでいつ、何をするのも自由だ。ただ、結果さえ出せば。

書房の者たちはそれぞれの得意分野で、自分に合った形式で研究を進める。ただ漫然《まんぜん》と研究しても意味がないので、淑英からは課題が出されていた。

最初の課題は、とある天領の税収をいかに上げるか、というものだった。

天領、つまり皇帝《こうてい》の直轄《ちょっかつ》領だが、北の地域にあるそこは土地が瘦《や》せていて、農業に向かない。はっきり言って不毛の地で、周囲の領主貴族たちが見向きもしないところだ。

それでも人は住んでいる。どうにかして土地の住民の生活を向上させ、なおかつ税収を上げられないか。

各分野から考察し、五日に一度、会議の間に集まって全員で意見を出し合う。その場で良《い》い案が出なかったり、意見がまとまらなければ、次の会議に持ち越《こ》す。

課題の期限は三か月。瑞春が勘案《かんあん》をまとめ、淑英が可否を決定する。有用だと認められれば実行され、次の課題が与えられる。

使えないと判断されたら、また三か月、同じ課題をやり直しだ。

楽な仕事に思えるが、「香斎侍従」の雇用《こよう》期間は二年。うまく行けば雇用契約《けいやく》は更新《こうしん》されるが、結果が出ない場合は人員が入れ替《か》えられる。

課題の進行が捗々《はかばか》しくない場合、あるいは有用な案を出して実行しても、結果が悪ければやはり首が挿《す》げ替えられる。

与えられた仕事をただこなすだけだった秘書省の仕事とは違《ちが》い、ひたすら結果を求められる峻厳《しゅんげん》な場所だった。

「でもなあ。私の仕事はあまりないんだよな」

一人、立派な執務《しつむ》室の机に座って、瑞春は小さくぼやく。

書房での勤めが始まって、早いもので二月近くが経《た》った。

淑英から与えられた課題と各自の専門知識を戦わせる会議形式の進行は、「香斎侍従」たちの興味をそそったようで、彼らは今のところ熱心に課題に取り組んでいる。

しかし、瑞春は最初こそ雑用で多忙だったものの、人々の生活が落ち着くと、次第《しだい》にやることが減って行った。

瑞春が研究を担当する分野は、芙国における官府の体制を見直すことだ。ただ、これにはもう一人、専門家がいて、瑞春は補助的な役割に過ぎない。たまに、中央官僚《かんりょう》としての知識や経験から意見を求められるが、それ以外は相手が一人で研究を進めてしまうので、瑞春はほとんどやることがない。

　こちらはおまけの仕事なのだろう。瑞春の本来の仕事は意見のとりまとめであり、侍従たちの管理である。

　侍従たちが気持ちよく仕事ができるよう、我がままを聞き、時にはたしなめ、叱《しか》ったり謝ったりして、人と人の間に立って緩衝材《かんしょうざい》となる。

　縁《えん》の下の力持ち、といえば聞こえはいいが、つまりはやっぱり雑用係なのだった。

　引っ越してしばらくは、隣《となり》の部屋の独り言がうるさいとか、食堂の味付けが気に入らないとか、兎《うさぎ》を飼いたいとか、いろいろ問題が上がってきたが、二月すると彼らも暮らしが落ち着いてきたのか、徐々《じょじょ》に要望も減ってきている。

　日々の仕事はあるし、決して暇《ひま》を持て余《あま》しているわけではないのだが、周りの侍従たちが昼に夜にと書庫や執務室を動き回って己《おのれ》の仕事に没頭《ぼっとう》している様を見ると、瑞春は自分だけ楽をしているような、心細い気持ちになるのだった。

　別に、二年で任を解かれても構わないし、仕事がないならダラダラしていてもいい。しかし、そうは思いながらも手を抜《ぬ》けない性分《しょうぶん》である。

　毎日きっちり朝から出勤し、仕事がなければ自分から仕事を見つけるなり作るなりして生真《きま》面目《じめ》に日々を過ごしていた。

「おい、雪大人はいるか」

朝一番で雑事の書類をまとめ、一服しようとお茶を飲んでいると、廊下《ろうか》で偉《えら》そうな声がした。

劉伯雲である。いちおう立場をわきまえて雪大人と呼んではいるが、口調は相変わらず、上役に対するものではない。

瑞春が応答すると、ずかずかと中に入ってきた。手には書類の束を持っている。瑞春の前まで来ると、書斎机《しょさいづくえ》の上に書類をどさっと乱暴に置いた。

「俺がこの前の会議で出した意見について、さらに詳《くわ》しくまとめたものだ。淑英様に御覧《ごらん》いただくよう、お願いしてくれ」

伯雲は兵部《ひょうぶ》にいた経歴から、軍事関連を専門としている。瑞春に対する態度は相変わらずだが、勤務態度は真面目で熱心だし、出される案はどれも秀逸《しゅういつ》だ。おまけに、人とは違った着眼点を持っていて、口だけの男ではないのだなと認識《にんしき》を改めた。

ただ、五日に一度の会議に関係なく、できた端《はし》から自分の案を提出してくるので、いささか辟易《へきえき》している。

しかも、今のように淑英に見てもらってくれと、いちいち渡《わた》りをつけようとするのだ。

この伯雲という男、淑英の信奉者《しんぽう》なのだ。瑞春が皇帝陛下を敬い奉《たてまつ》るのと同じように、淑英を盲目的《もうもくてき》に信奉している。瑞春に敵愾心《てきがいしん》を燃やしているだけでなく、何とか瑞春を出し抜いて淑英に近づきたいらしい。

会議以外で案を出してはいけない、という決まりはないし、淑英に提出してはいけない、とも言われていない。

　仕方なく、伯雲がこうして書類を持ってくるたびに目を通すことにしている。淑英にそのまま見てもらってもいいのだが、皇弟殿下《こうていでんか》も多忙《たぼう》な身だ。ある程度、こちらで精査するべきだと侍従《じじゅう》長の権限で判断した。

「前回よりもよくまとまっていますが。やはり根本的な解決になっていない気がしますね」

「門外漢が偉そうに」

　書類を丁寧《ていねい》に読んでから意見を言うと、吐《は》き捨てるように返された。

「皆《みな》さんほどの専門知識はありませんが、まとめ役として各分野の知識は頭に入れていますよ」

　勘案をまとめなくてはならないので、広く知識が必要だ。仕事の手が空いた時には、できる限り書物に目を通して、知識の幅《はば》を広げるようにしている。

「そう言いながら、一度だって淑英様に渡してくれていないじゃないか。俺が成果を挙げて、お前に取って代わるのが気に食わないのだろう」

　瑞春が、わざと案を取り下げていると言いたいらしい。瑞春は馬鹿馬鹿《ばかばか》しくて、「はっ」と鼻で笑い飛ばした。

「最初に言いましたが、ここは我々《われわれ》がいた官吏の世界とは違いますのでね。つまらない足の引っ張り合いなど無意味なのですよ。侍従たちの評価がすなわち、侍従長の私の評価になる。優秀《ゆうしゅう》な案を握《にぎ》りつぶしたって私に益などないでしょう。……やれやれ、こんな簡単な組織構造もわからないなんて、軍事担当殿《どの》も先が思いやられますねえ」

大げさなため息をついてみせると、相手は「なんだと……」と、憎々《にくにく》しげに瑞春を睨《にら》んだ。

伯雲はすぐこちらの挑発《ちょうはつ》に乗ってくれるので、鬱憤《うっぷん》の晴らし甲斐《がい》がある。

しかし、あまり抑圧《よくあつ》しすぎると反動が怖《こわ》いので、今日のところは彼の言い分も少し聞いてやることにした。

「そこまで言うなら、この書類は淑英殿下に届けておきましょう。ただし、殿下が伯雲殿に、直接ご意見をくださるとは限りませんよ」

「ああ、構わん。優《すぐ》れた案を蔑《ないがし》ろにする方ではないからな」

伯雲はたちまち機嫌《きげん》を直した。淑英に書類を見てさえもらえれば、良い評価がもらえると思っているのだろう。大した自信だ。

それだけでなく、淑英に直接自分の案を見てもらえる、という喜びも大きいのかもしれない。

「伯雲殿は、本当に淑英殿下を尊敬しておられるのですね」

呆《あき》れたように言ってみせたのだが、伯雲はむしろ誇《ほこ》らしそうに「当たり前だ」と胸を張った。

「淑英様は素晴《すば》らしいお方だ。初めてあの方とお会いしたのは、恒例《こうれい》の軍事訓練の時だった。ご体調のすぐれぬ皇帝陛下の代わりにいらしたのだが、武具を纏《まと》い、馬を巧《たく》みに操《あやつ》っていた。その姿は勇猛《ゆうもう》で……」

滔々《とうとう》と、淑英の素晴らしさについて語り始める。戦装束《いくさしょうぞく》の淑英が華麗《かれい》だったこと、馬術が武官よりも巧みだったこと。

淑英はそこで、伯雲が行った気遣《きづか》いに気づいて、直接声をかけて労《ねぎら》ってくれたのだそうだ。

上司も気づかなかったのに、淑英だけが気づいてくれた。それ以来、伯雲は淑英を尊敬しているのだという。

（単純な男だな）

瑞春は、自分が皇帝陛下《こうてい》の追っかけであることを脇《わき》に置いて、そんなことを考えた。

「あのお方は、我々アルファの理想だ。英雄《えいゆう》の性を体現している」

「はあ」

仕事に関係のない淑英への礼賛が続くので、うんざりする。

「オメガのお妃《きさき》ばかり八人娶《めと》られたのを悪く言う者がいるが、俺はアルファとはかくあるべきだと思う。まず皇族とは……」

「淑英様のお妃は六人ですよ」

話が長くなりそうなので、言葉を遮《さえぎ》って訂正《ていせい》した。しかし伯雲は、ふふん、と勝ち誇ったようにそれを鼻で笑う。

「そうか、雪大人は知らないのだな。今おられるお妃は確かに六人だが、八人いらしたのだ。二名は部下に下賜《かし》されたらしい。二人とも、もちろんオメガだ」

「下賜？」

「功を立てたその褒賞《ほうしょう》だという話だ。一人は貴族の家臣に、もう一人は武官だと聞いた。部下への労《お》いを惜しまない、気前の良《い》い方だ」

「気前が良いって、物じゃあるまいし」

皇族や貴族など、身分の高い者が部下に妻を下げ渡す風習はあるが、淑英がそういうことをする人だとは知らなかった。

思流に見せた気遣いからして、妻を大事にする人だと思っていたのに。それとも、それだけ部下の功績が素晴らしいものだったのだろうか。

また、淑英の違《ちが》う部分を見せられたようで、本当に淑英という男がわからなくなる。

皇帝陛下の右腕《みぎうで》で、隅々《すみずみ》まで気のつく、仕事のできる男。上司としては理想的だ。これは瑞春も認めざるを得ない。

一方で、多くのオメガの妃を娶り、大切にしているかと思えば、その妃を二人も家臣に下賜している。

別に、上司がどんな人間だとて関係ないのだけど、瑞春は淑英のことがいちいち気になって仕方がなかった。気づくといつの間にか、淑英のことを考えている。なぜなのかよくわからず、自分でも戸惑《とまど》っていた。

どうにか部屋から伯雲を追い払《はら》うと、冷めてしまったお茶を淹《い》れなおした。

伯雲が残していった書類の束を見て、ちょっとため息をつく。あまり淑英の手を煩《わずら》わせたくないのだが、伯雲に言った手前、書類を見てもらわないといけないだろう。

(淑英様は相変わらず、お忙《いそが》しいのだろうな)

そんな多忙なのに、六人もの妃を相手にできるのだろうか。しかも、以前は八人だった。

気づくとまた、淑英のことを考えていて、瑞春は慌《あわ》てて考えを振《ふ》り払った。仕事はともかく、淑英の私事など関係ない。

「とにかく、今日にでもお会いせねば」

先ぶれをしておこうと思い立ったが、すぐにその必要はなくなった。こちらが訪ねるより先に、淑英に呼び出されたのである。


淑英の宮は、「香林書房」の目と鼻の先にある。

瑞春は伯雲から預かった書類の束を抱《かか》え、ドキドキしながら宮の門をくぐった。

（わざわざ呼びつけるとは、いったい何の用だろう）

淑英付きの宦官《かんがん》から、急ぎの仕事がなければ、午後一番に宮まで来てほしいと言われた。

報告と相談のため、淑英とは半月に一度ほどの頻度《ひんど》で会っているが、それも書房の執務《しつむ》室でのことだ。淑英の宮に呼びつけられるのは、これが初めてだった。

門番に名前を告げ、奥から迎《むか》え出た女官《にょかん》について、宮の奥へと進む。

宮はかなりの広さで、庭は簡素だがよく手入れされていた。前庭の向こうにすぐ、大きな屋《や》敷《しき》がある。中から人の声がして、賑《にぎ》やかだった。

そちらに案内されるのかと思ったら、女官は素通りしてさらに庭の奥へ進んでいく。

「あの、お屋敷の中に入るのでは？」

奥は庭木が鬱蒼《うっそう》としていたので、瑞春はちょっと心細くなった。先を急ぐ女官に声をかける。

「あちらは、お妃様たちの住まわれる棟《むね》ですから。淑英様はこの奥にいらっしゃいます」

女官は瑞春を安心させるように、物柔《ものやわ》らかに返した。そう言われて間もなく、前方に別の建物が見えた。

造りはしっかりしているようだが、先ほどの屋敷よりずっとこぢんまりして、装飾《そうしょく》も質素である。あちらが母屋《おもや》で、こちらは離《はな》れといったところだろうか。

（この宮では、来客は離れで迎えるのかな？）

瑞春は平民の出で、皇族の暮らしぶりには詳《くわ》しくない。そんなものなのかな、とさして不思議に思わなかった。

女官が中に取り次ぎを頼《たの》むと、すぐに瑞春も見覚えのある、淑英付きの宦官が出てきた。女官に替《か》わって、屋敷の中に案内される。

やがて奥まった部屋にたどり着いたが、そこへ行くまでに、数人の宦官が忙しそうに動き回っているのを目にした。この離れの人たちは、なかなか多忙のようだ。

「雪瑞春様がお見えになりました」

宦官が部屋の前で告げると、奥から淑英の声がした。

「通せ」

内側から別の宦官が扉《とびら》を開け、瑞春は部屋に入る。しかし中に入った途端《とたん》、予想だにしない光景が飛び込んできて、思わず立ち尽《つ》くしてしまった。

そこは淑英の執務室のようだった。大きな書斎机《しょさいづくえ》の他《ほか》に、秘書たちのためのものか、いくつか机が並んでいる。円卓《えんたく》やそのほかの調度を据《す》えてもまだゆったりとした広い部屋だった。そんな大きな部屋に、所狭《ところせま》しと紙が並べられている。紙は重なり合うことのないよう、丁寧《ていねい》に戸板に並べられ、墨《すみ》を乾《かわ》かしているところのようだった。

昼だというのに窓が締《し》め切られ、蠟燭《ろうそく》の明かりが灯《とも》っているのは、紙が風で飛ばないようにするためだろう。

淑英の他、宦官が二人いて、忙しそうに作業をしている。どこかの工房《こうぼう》のようだった。並んだ紙にはどれも、朱墨《しゅずみ》で手形が捺《お》されていた。その手形と紙には見覚えがある。

「こ、これ、これは……」

「呼び立ててすまなかったな」

やあ、と手を挙げた淑英の手は、朱墨がべったりと付いている。紙に手形を捺したのは、間違いなく淑英だろう。

「これっ、『御手印』……っ」

恐《おそ》れ多くも皇帝陛下が、下々の者たちに与《あた》える尊い手形だ。それをなぜ、弟の淑英が捺しているのか。

「さ……詐欺《さぎ》！　詐欺です！　なんと恐れ多い。皇帝陛下の『御手印』を真似《まね》て儲《もう》けようなどと、たとえ皇弟殿下《こうていでんか》でも許されることではありませんよっ」

「おいおい、ここまで見ても現実が理解できないのか」

淑英は悪びれることなく、呆《あき》れたように言う。瑞春だって、気づいていた。でも、信じられない。信じたくない。

自分が鼻血を噴《ふ》くほどありがたがって、熱心に集めていた皇帝陛下の手形が、実は別人のものだったなんて。

「詐欺だ。やっぱり詐欺です！」

「まあそう言うな。世の中、知らないほうが幸せなこともある。その点、お前は残念だったが。とにかく手伝ってくれ。発行部数は増えているのに、人手が足りなくてな。今から準備しても、発売日にギリギリ間に合うかどうかだ。そこに署名の見本があるから、これを真似て筆耕を頼む。今回から直筆の署名にしたのだ」

淑英が顎《あご》をしゃくると、宦官がすかさず書斎机にあった一枚の書を瑞春に渡《わた》した。皇帝陛下の署名だ。

「う……訴《うった》えてやる」

誰《だれ》に？　と自分で言っておいて思うが、現実を直視したくなかった。しかし目の前では、淑英が新しい紙にぺたぺたと手形を捺している。

「残念ながら、皇帝陛下が許可されたことだ。というか、『御手印』の発案者は私でな。陛下はご多忙《たぼう》であられるし。よく似た弟の私が手形を捺してるんだから、まあ陛下が捺したのと同じようなものだ」

「そんな雑な」

「心は込めてるぞ、いちおう」

喋《しゃべ》りながらもぺたぺたと、淀《よど》みない所作で作業を進めていく。動きに無駄《むだ》がない。熟練した職人のようだ。

「そろそろ書房も落ち着いて、侍従《じじゅう》長の仕事も減ってきた頃《ころ》だろう？　暇《ひま》を持て余《あま》しているのではないかと思ってな。こうして仕事を与えてやったのだ。ほら、早く署名を入れろ。ちゃんと見本と似せるのだぞ」

立ち尽くす瑞春の脇《わき》を、色紙の束を持った宦官が忙しそうに駆《か》け抜《ぬ》ける。瑞春も、「嘘《うそ》だ、これは夢だ」と、うわ言のようにつぶやいていたが、繁忙《はんぼう》期の工房さながらの部屋の空気に呑《の》まれ、いつしか筆を執《と》っていた。

皇帝《こうてい》陛下の署名は、秘書省の仕事でよく目にしていたから、癖《くせ》も把握《はあく》している。よく似た署名が書けてしまう自分が悲しい。

「ううっ、こんな現実、知りたくなかった……」

淑英が以前、『御手印』と聞いてニヤニヤしていたのは、これだったのだ。残酷《ざんこく》な事実に、我知《われし》らず涙《なみだ》がこぼれた。

それはぽたりと色紙に落ち、紙を無駄にするなと淑英に叱《しか》られた。

膨大《ぼうだい》な数の色紙に署名をさせられて、筆を持つ手が痛くなった。ようやくその日の作業から解放されたのは、日が沈《しず》んでからだ。

「秘密を守れる助手が欲しかったんだ。商品開発の観点から、『御手印』の蒐集《しゅうしゅう》家の意見も聞いてみたかった。そういう意味で、お前はうってつけだ。これからもよろしく頼む」

　また明日も作業がある。それを聞いて、瑞春は震《ふる》えあがった。署名をしすぎて、もう腕《うで》がガクガクしている。

「も、もう嫌《いや》です」

「ここにいれば、誰よりも早く『御手印』が手に入るんだぞ」

「偽物《にせもの》じゃないですか！」

　ちっとも嬉《うれ》しくない。何が悲しくて、自分が偽造《ぎぞう》した署名を愛《め》でなければならないのか。

　めそめそといじける瑞春を見て、淑英は面白《おもしろ》がっている。

　作業が終わった後、朱墨で汚《よご》れた手を洗って、淑英の宮で酒と夕食が振《ふ》る舞《ま》われていた。

　それで気づいたのだが、この離れは執務のためだけではなく、独立した住居となっているらしい。

　厨房《ちゅうぼう》から食堂、湯殿《ゆどの》も用意されていて、淑英は主にここで寝起《ねお》きしているようだ。帝《みかど》の後宮と同様に、ここから妃《きさき》たちの寝所《しんじょ》に通うのかもしれない。

　それにしては母屋との間に渡り廊下《ろうか》も見当たらず、距離《きょり》もいささか離れている気もするが、そんなことより瑞春は、『御手印』が偽物だったことのほうに気を取られていた。

「ずっと……初回の『御手印』から、淑英様が手形を捺されていたので？」

「当たり前だ。途中《とちゅう》で手形の形が変わったら、訝《いぶか》しがられるだろう」

　瑞春はがっくりと肩《かた》を落とした。あれこれ伝《つて》を回って、ようやく手に入れた初回『御手印』

だった。手に入った時は興奮して鼻血を噴き、その年の科挙試験に落ちたのに、陛下ではなく淑英の手形だったなんて。

「だいたい、陛下にこんな珍奇《ちんき》なことはさせられないしな。これでご体調を崩《くず》されたら、元も子もない」

確かに、予想外に過酷《かこく》な作業だった。締め切った部屋で、ひたすら肉体労働をする感じだ。

「陛下はあまり、お身体《からだ》が丈夫《じょうぶ》ではないですしね」

「生まれつきではない。もとは頑健《がんけん》だったんだ」

瑞春が何気なくつぶやいた言葉に、淑英が重ねるように言った。

「子供の頃は私のほうが病弱だった。陛下は普通《ふつう》の子より発育が良かったし、風邪《かぜ》一つ引かなかった」

彼らしくなく、むきになっているように聞こえた。皇帝陛下が病弱だと言われるのが、悔《くや》しいというような。

瑞春が目を瞠《みは》ると、淑英は自分の態度に気づいたのか、わずかに視線を伏《ふ》せた。

「陛下と淑英様は、本当に仲がよろしいのですね」

母を同じくしていても、兄弟仲がいいとは限らない。貴い身分の人たちほど、骨肉の争いを繰《く》り広げたりする。

しかし、淑英の態度を見る限り、二人にそんな心配はなさそうだった。

「私が今、生きていられるのは兄上のおかげだからな」

淑英がぽつりと言う。どういうことかと目顔で問うと、淑英は過去の出来事に思いを馳《は》せるように、視線を遠くへ移した。

「今、兄上の身体が丈夫でないのは、私をかばって命を落としかけたからだ。私の代わりに、兄が毒を飲んだ」

十代の頃、父帝が亡《な》くなる直前の話だと、淑英は話してくれた。

淑英と今上《きんじよう》陛下は、宴席《えんせき》で毒を盛られた。政敵の罠《わな》にはめられて、衆目の中、どうしても毒入りの杯《さかずき》を飲まなければならない状況《じようきよう》に陥《おちい》った。

杯を飲まなければ、父帝の面目が潰《つぶ》れる。祖父が亡くなって、ただでさえ皇帝の権力が弱まっていた時だ。だが、杯には毒が盛られているとわかっている。

「そんな……」

「私が先に飲めばよかったんだ。兄は皇太子で、次代の帝となるお方だ。私は弟とはいえ家臣なのだから、主君を守るためにそうすべきだった」

しかし、淑英はためらった。毒杯を飲むのが怖《こわ》かった。当たり前だ。

そんな弟を見て、兄が杯を取った。毒が入っているとわかっていたから、すべて飲み干すことはなかったが、それでもしばらく生死の境をさまよった。毒は強力なものだったらしい。

おかげで今上陛下は脾臓《ひぞう》を悪くし、何かと体調を崩すようになった。彼の背はそれ以上伸《の》びることはなく、いつしか淑英が彼の背を追い越《こ》してしまった。

「ひどい。毒を飲ませるなんて」

「宮中ではよくあることだ。父も恐《おそ》らく、遅《ち》効《こう》性の毒を盛られていたのだろう。若い頃は頑健だったと言うからな。祖父ももしかすると、殺されたのかもしれない」

皇室権威《けんい》の凋落《ちょうらく》と、家臣および宦官《かんがん》の台頭は、祖父、慶淳帝の突然《とつぜん》の崩御《ほうぎょ》から始まったのだ。可能性はじゅうぶんにある。

「今はまだ平和になったほうだが、かつては宮中全体がピリピリして、息をするのも恐ろしかった。私も兄上も、いつ殺されてもおかしくなかったんだ。そんな子供時代を、兄と二人でくぐり抜けてきた。兄に命を助けられた時、彼のために残りの生を尽《つ》くそうと決意した」

瑞春は納得《なっとく》した。だから淑英は、身体の弱い皇帝陛下に代わって、身を粉にして執務《しつむ》をこなすようになった。『御手印』という、型破りの策を打ち出して皇室の財政を建て直し、けれど自分は特別贅沢《ぜいたく》をすることはない。

この離《はな》れの内装や調度も、「香林書房」と同様に実用重視で華美《かび》なところがない。宮全体が、皇弟の屋敷《やしき》にしては質素といえた。

「それでは淑英様と私は、共に陛下を信奉《しんぽう》する同志というわけですね」

淑英もまた、陛下を心より敬愛している。それがわかって、親近感が湧《わ》いた。だが瑞春が言うと、淑英は嫌そうに顔をしかめた。

「なんだその、同志というのは。私の陛下に対する思いは、純粋《じゅんすい》な忠誠心と兄弟愛だ。変人のお前と一緒《いっしょ》にするな」

「へ、変人とは何ですか。私だって、陛下に命を救われたんですからね」

らせた。

「初めて聞く話だな。本当に？」

淑英は興味を惹《ひ》かれたようだった。目が真剣《しんけん》になる。瑞春は、ふふん、と鼻で笑って胸をそらせた。

「本当ですよ。でも、淑英様には教えてあげません」

「お前なあ」

呆《あき》れた顔をしたが、淑英はそれ以上は追及《ついきゅう》しなかった。

そういえば、と瑞春は即位式《そくいしき》のことを思い返す。

もしかしたらあの場に、淑英もいたのだろうか。皇帝陛下の輿《こし》の他《ほか》に、豪華《ごうか》な輿がいくつも通り過ぎて行ったから、淑英も巡行《じゅんこう》に加わっていたかもしれない。

今度どこかで聞いてみよう。皇帝陛下の輿の前に飛び出した話をしたら、また馬鹿《ばか》にされるかもしれないが。

そんなことを考えつつ、酒を飲む。大切な思い出を打ち明けようと思うほど、淑英に気を許している。今まで誰《だれ》にも話したことはなかったのに、不思議だった。

それから一時ほど、瑞春は淑英と共に過ごした。酒とご馳走《ちそう》でもてなされ、すっかりいい気持ちになったが、帰り際《ぎわ》、淑英から「明日も頼《たの》む」と言われて酔《よ》いが醒《さ》めかけた。

「ついでに、新しい商品案も考えておいてくれ。『御手印』はいささか飽《あ》きられているようでな。新商品を考案中なんだ。蒐集家の側から、どんなものが欲しいか、意見を聞きたい」

瑞春が渡《わた》した伯雲の書類は、明日までに読んでおくと言われた。この後も、淑英はまだ仕事をするのだろうか。

そんなことを思いつつ書房に戻《もど》ると、伯雲が待ち構えていた。

「俺の案は、どうだった」

期待に満ちた目で詰《つ》め寄られて、今度こそすっかり酔いが醒めた。

「淑英様には渡しておきました。明日までに目を通しておくとのことです。殿下《でんか》はご多忙《たぼう》ですので、すぐというわけには」

「そうか、そうか。明日が楽しみだな」

満足そうに言って、伯雲は別棟《べつむね》のある方角へ踵《きびす》を返す。すると食堂から子浩が出てきて、伯雲を呼び止めた。

「伯雲。酒と肴《さかな》をもらってきたぞ。これだけあれば足りるだろう」

どうやらこれから二人で、酒盛りをするつもりらしい。子浩は瑞春に気づき、あっという顔をした。

ぺこりとお辞儀《じぎ》をして、手の中の酒瓶《しゅびん》と瑞春を見比べる。瑞春も誘《さそ》ったものかどうか、迷っているのかもしれない。

伯雲と酒を飲むなんてまっぴらだから、瑞春もぺこりとお辞儀をし、子浩と入れ代わりに食堂へ入った。

食堂に用はないのだが、このまま自分の部屋がある住居棟《とう》へ戻るには、伯雲や子浩としばらく並んで歩かなくてはならず、気まずいのだ。

長机と椅子《いす》が整然と並ぶ食堂には、他にも人の姿があった。侍従《じじゅう》が二人、お茶を飲みながら、熱心に話し合っている。

先ほどの伯雲と子浩もそうだが、書房での暮らしが二月近くになり、侍従たちも互《たが》いの存在に慣れてきたのだろう。仕事以外で行動を共にする者も増えてきた。食堂や書房の庭先で、彼らが親しげに談笑《だんしょう》している姿をたまに見かける。

瑞春にはまだ、そういう親しい相手がいない。学士院にも秘書省にも友達はいなかったのだが、ここの風変わりな人たちにさえ友達ができているのに、自分がまだ独りぼっちなのかと、いささか複雑な気持ちになる。

しかし、食堂の片隅《かたすみ》にいる二人は、自分たちの話に夢中で瑞春のことなど気に留めていないようだった。

「発情期と一口に言っても、症状《しょうじょう》は様々なのですね」

「そうですな。オメガの体質にも多様なものがあるということでしょう。発情期の症状が人より強く、期間が長い者、さほどでもなく三日ほどで終わってしまう者もいます」

若い侍従が老侍従の話を、熱心に聞いている。若い方は引っ越しの時、二階が嫌《いや》だと駄々《だだ》をこねた男で、老人は、部屋が広すぎて落ち着かない、とこれまたごねていた人物だ。

若い方は瑞春と同じ年のオメガで、林寧寧《りんねいねい》という。幼げな名前だが本名だ。農業を専門としている。

真っ白な髪《かみ》と長いひげがまるで仙人《せんにん》のような老人はベータで、彼は医者だった。名は高梁覚《こうりょうかく》羅道津《らどうしん》。変わった姓《せい》でわかる通り、西方異民族の出身だ。

「第二性については、まだまだわからないことが多いのです。一つずつ症例《しょうれい》を集めるしかないのですよ。そうそう、私が出会った例では、発情期がなく、ベータだと思って暮らしていた男が、実はオメガだったということもありましたよ」

「発情期がないオメガ？　そんなことがあるんですか。どうしてオメガだとわかったのでしょう」

瑞春は厨房《ちゅうぼう》に顔を出し、従僕に言ってお茶をもらった。早く飲んで部屋に帰りたいのに、お茶が熱くてなかなか飲めない。

食堂は静かで、二人の会話が嫌でも耳に入ってくる。

「それが、特定のアルファが間近にいる場合だけ、発情期が起こるのです」

「特定の？　決まった相手ということですか」

「ええ。運命の番《つがい》、という言葉を用いると、大抵《たいてい》の方には失笑されてしまいます。ですが、この症例には、この言葉が非常にしっくりくる。自分をベータだと思っていたそのオメガは、運命のアルファとたまたま出会ったのです」

ほう、と寧寧は感じいったようにため息をついた。運命の番、という言葉が、オメガの彼にとっては甘やかな響《ひび》きだったようだ。

「出会った直後に、生まれて初めて発情の兆候を示したと言います。それ以来、運命のその相手がそばにいる時だけ、他のオメガと同様に周期的な発情期を迎《むか》えるようになった。不思議なことに、運命の相手と離れて暮らす間は、発情期がピタリと止まるのです。彼らはその後、番の契約《けいやく》を交《か》わして夫婦《ふうふ》になったそうですよ」

「まさに運命の番ですね。素敵《すてき》だなあ。でもそうすると、もしかしたら今、ベータだと思っている男性も、運命の相手が現れていないだけでは？　実はみんなオメガだったりして」

「その発想はありませんでしたな。実に面白《おもしろ》い」

瑞春は聞くともなしに聞きながら、そんな馬鹿な、と胸の内でつぶやいた。

「しかしその可能性は少ないでしょう。ベータが潜在《せんざい》的なオメガだとするなら、この症例がもっと頻発《ひんぱつ》しているはずです。これは恐らく、オメガの特異な例にすぎないでしょうな」

ようやくお茶を飲み終わり、瑞春は席を立った。その頃《ころ》には寧寧と道津老人の会話は、薬学と薬草の栽培《さいばい》の話に移っていた。

茶器を厨房に返して食堂を出る。心身ともにぐったりして、住居棟の自分の部屋へ急ぐ。

いつもこのくらいの時間はまだ起きていて、本を読んだり勉強の時間にあてている。しかし、今日は淑英に酷使《こくし》されて疲《つか》れたので、早く寝《ね》ようと考えた。

自分の部屋に入ろうとした時、隣《となり》の部屋の扉《とびら》が開いて、隣人《りんじん》が顔を出した。

「侍従長。あの、折り入ってお話があるのですが」

隣人はアダム・ホワイトという、その名の通り西方の国から来た外国人だ。数字に強く、諸国の会計や税法に詳《くわ》しい。

金髪《きんぱつ》に緑色の目をしているので、どこにいても目立つ。当人も慣れているようで、周りにジロジロ見られても気にしない。押し出しの強いベータの男だ。

「えっと、仕事と関係がないことなのですが」

「まだ、動物を飼うのは許可できませんよ」

アダムも癖《くせ》のある男で、引っ越《こ》し当日から、猫《ねこ》だの兎《うさぎ》だのを飼いたいと言ってきた。下働きや警護の人手が足りて、住居棟の暮らしが落ち着くまで待ってくれ、となだめているのだが、事あるごとに「モフモフ解禁は、まだですか」と詰め寄ってくる。

「あ、いえ。動物のことではありません。ちょっとその、廊下《ろうか》では話しにくいことでして」

キョロキョロと、人目を気にして言う。よほど言いにくいことらしい。疲れていて早く休みたかったが、これも侍従長の仕事だ。仕方がない。

「私の部屋でもいいでしょうか」

アダムはパッと嬉《うれ》しそうに顔をほころばせ、何度もうなずいた。

「あ、ちょっと待っててください。お見せしたいものがあるので」

言うなり、ぴょこぴょこと、子供みたいに落ち着きのない足取りで、自分の部屋に引っ込んでしまう。

瑞春は首を傾《かし》げつつ、自分の部屋で待つことにする。

(仕事に関係ないこととは、なんだろう。……あ、友達になりたい、とか？)

そういえば、アダムもいつも一人だった。そういうことなら、やぶさかではない。

「侍従長、お待たせしました」

アダムが落ち着きなく部屋に入ってきて、思わず身を硬《かた》くする。やっと、自分にも友達ができる。

「アダムさん。あの私も、ご飯を食べる時はいつも一人でして。別に寂《さび》しくはないんですが」

「え？　はあ。とにかく、これを見ていただきたいんです」

そう言ったアダムは、書類の束を腕《うで》に抱《かか》えていた。彼の用件は友達になってくれ、などということではなかった。

瑞春は自意識過剰《かじょう》な己《おのれ》を恥《は》じたが、アダムから聞かされた話は、それよりずっと驚《おどろ》く内容だった。

「兵部《ひょうぶ》の汚職《おしょく》？　それは過去の記録を言っているのではないのか。帝《みかど》の代替《だいが》わりの折に、汚職に関《かか》わっていた勢力は一掃《いっそう》されたはずだ」

翌日、瑞春は朝の雑事を済ませると、アダムから借りた書類の束を風呂敷《ふろしき》に包んで、淑英の宮を訪ねた。『御手印』の手伝いは午後からの予定だったが、待っていられなかったのだ。

昨夜《ゆうべ》、アダムから聞かされたのは、大規模な汚職の可能性だった。

「それが、少なくともここ数年のものであるというのです。アダム・ホワイトが見つけたのは兵部の資料ですが、数字の流れからして、他部にまたがる大掛《おおが》かりなものの可能性が高いそうです」

淑英に会うと、瑞春は大げさにならないよう、さりげなく人払《ひとばら》いを頼《たの》んだ。今は淑英の執務《しつむ》室に二人きりだ。淑英は信用のおける者のみ周囲に置いているというが、念のため、窓と部屋の扉を開けておく。

今日は風が強いので、書類が飛ばないように気を遣《つか》わねばならなかった。

「しかし、アダムという男は、兵部の帳簿《ちょうぼ》を見たわけではないのだろう?」

「はい。彼が見たのは、『香林書房』の書庫にある年次報告書です。今日、こちらにお持ちしたのもそれで」

年次報告書は、各部が皇帝陛下《こうていへいか》に上奏する公式報告書である。写本が作られ、宮中の各書庫にも配られる。書庫に入る権限があれば、誰《だれ》でも閲覧《えつらん》可能な書類だった。

収支報告が書かれているが、大きな括《くく》りのものだ。その数字から汚職を発見できるとは、瑞春もはじめのうち、信じられなかった。

だが昨夜アダムから、毎年の報告書と他部の統計とを見せられ、一つ一つ説明を受けると、確かに怪《あや》しいと思える矛盾《むじゅん》が見つかった。

瑞春もアダムに倣《なら》い、淑英に一つずつ説明する。最初は半信半疑だった淑英も、次第《しだい》に難しい顔になっていった。

「面倒《めんどう》なことになったと嘆《なげ》くべきか、アダムの才に感嘆《かんたん》すべきか、迷うところだな」

頭痛がするのか、こめかみを指先で揉《も》むようにして、小さく呻《うめ》く。昨夜は遅《おそ》くまで仕事をしていたのかもしれない。

「アダムはそれで、この問題を追及《ついきゅう》すべきか否《いな》か、淑英殿下《でんか》のご判断を仰《あお》ぎたいとのことです」

「まず内密にお前に話を通したことといい、まったくの専門馬鹿《ばか》というわけではなさそうだな」

瑞春もうなずいた。事は重大だ。確信が得られる前に表に出せば、犯人に証拠《しょうこ》を握《にぎ》りつぶされるだろうし、兵部ばかりか複数の部をまたぐとなれば、相当の権力者が関わっているはずだ。下手をすると、瑞春たちが消されてしまう。事によっては、淑英や皇帝陛下の執政《しっせい》にも影響《えいきょう》が出る。

侍従《じじゅう》たちの中には、信じられないくらい空気が読めない者もいるので、アダムがその点の気配りをしてくれたのはありがたかった。

「アダムには、引き続き調査をするよう伝えろ。ただし、汚職の調査をしていることは、誰にも気取られぬように。書房にある資料以外で必要なものはお前が調達してやれ。お前に無理なら私が用意する」

「御意《ぎょい》のままに」

「それから、のめり込みすぎて無茶《むちゃ》をするなよ。アダムも、お前もだ。何が出てくるかわからん。藪《やぶ》をつついて出てきた大蛇《だいじゃ》に食われては、元も子もない」

「はい。心に留めておきます。アダムにもそのように」

淑英から釘を刺され、瑞春も神妙にうなずいた。できれば、思い過ごしであってほしいところだ。

風が強くなり、書類が飛びそうになったので、淑英は窓を閉めた。とりあえず、この話はこれで終わりということだろう。

「この件も、定期的に報告を頼む。進捗《しんちょく》があってもなくてもいい。それから、伯雲の案だが……」

淑英は言いながら、書斎机《しょさいづくえ》の上の書類の束を、ポンと叩《たた》いた。

「ちょうど朱墨《しゅずみ》があったので、添削《てんさく》して意見をかき込んでおいた。このままでは使えないな」

やっぱり、と瑞春はため息をつく。伯雲は自信満々だったから、がっかりするだろう。それでまた、鬱陶《うっとう》しく瑞春に絡《から》んでくるかもしれない。

嫌《いや》だなあ、というため息だったのだが、淑英は誤解したようだ。

「お前がそのように落胆《らくたん》するとは。ずいぶん伯雲という男に肩入《かたい》れしているのだな」

「ええっ？　まさか。そんなんじゃありません。誰があんな鬱陶しい男に」

勘違《かんちが》いも甚《はなは》だしい。しかし、瑞春がむきになったのを、淑英は逆に照れ隠《かく》しと取ったようだ。

わかった、わかった、と子供に言うように瑞春をなだめる。何となく、イラつく態度だ。

「書類をいただきます。昨日から、結果をせっつかれて困ってるんですから」

ツンケンした態度で言うと、書斎机に近づいた。書類を取ろうとした時、脇《わき》から淑英の手が伸《の》びてきて、手首を摑《つか》まれた。

驚いて淑英を見る。また何か、からかうつもりで手を摑んだのだろうと思った。しかし、彼は予想外に真剣《しんけん》な表情をしていて、瑞春は戸惑《とまど》った。

「な……なんですか」

「……また、だ。またお前の身体《からだ》から、オメガの匂《にお》いがする」

相手の気配に呑《の》まれ、瑞春は一瞬《いっしゅん》、身体が動かなかった。摑まれた手首が熱い。触《ふ》れられたそこから熱がじわじわと這《は》い上り、全身が侵食《しんしょく》されそうだった。

「なぜ、ベータのお前からオメガの発情の匂いがするのだ」

「そんなの、知りません。……あっ、そういえば」

言ってから思い出した。今朝、寧寧の部屋に行ったのだ。

「林寧寧？　オメガのか」

「そうです。今朝から具合が悪いというので、道津老人を連れて行ったら、急な発情期が始まっていたようなのです。まだ、時期ではないらしいのですが」

道津老人が発情を抑《おさ》える薬を処方し、瑞春もそれに付き合った。

しばらく、締《し》め切った部屋に発情したオメガといたのだ。匂いが付いてしまったのだろう。

その後、道津老人は発情の匂いが付いているからと服を着替《きが》えていたようだが、瑞春は急いでいたのでそのままここに来てしまった。

淑英が感じたのは、だから寧寧の匂いだろう。それ以外、説明がつかない。瑞春が言うと、淑英はようやく手を放してくれた。

「林寧寧……。お前と同じ年、独り身だったな。出身はここ、春京だったか？」

先ほどの汚職の件と同じくらい、ことによってはそれより深刻な表情で、ブツブツとつぶやく。瑞春は呆気《あっけ》に取られてしまった。

「発情期が始まったばかりか。終わるまで十日は近づけないな」

発情期でなければ、今すぐにでも会いたいといった態度だ。寧寧のことばかり、やけに真剣に気にかける。何となくムッとした。

「まさか、まだお妃《きさき》を娶《めと》られるのですか？　寧寧を？」

第二性にかかわらず、優秀《ゆうしゅう》な人材を集めたのではなかったのか。発案者が片っ端《ぱし》からお手付きにするのでは、なんのための人材登用かわからない。

腹が立ってきつい口調で言うと、淑英はようやく我《われ》に返ったようだった。余裕《よゆう》のない態度を自嘲《じちょう》する。それから、先ほど閉めたばかりの窓を再び開けた。

「私には、この匂いはきつすぎる。ベータのお前を襲《おそ》いたくないからな」

「えっ」

瑞春は焦《あせ》って一歩退く。淑英は「冗談《じょうだん》だ」と笑い、窓から顔を出して外の空気を吸った。

「林寧寧のことはただ、会って確かめたいだけだ。会えばきっとわかる。彼が、私の探していた番《つがい》かもしれない」

意味が分からず、ぽかんとした。淑英はそんな瑞春を振《ふ》り返り、小さく微笑《ほほえ》む。どこか悲しげな笑みで、瑞春はそれを見てなぜか胸が苦しくなった。

　ぼんやりしている瑞春の頬《ほお》を、何かが柔《やわ》らかく撫《な》でる。淑英の手だと気づいた時には、もう彼は離れていた。

「最初は、お前だと思ったんだがな」

「何のことです」

　どうしてそんな顔をするのか。なぜ自分は急に、これほど切ない気持ちになるのか。淑英は、瑞春と距離《きょり》を取るようにして窓辺に立った。

「お前のことを、オメガだと疑ったことがあっただろう」

　書房の準備をしていた頃《ころ》、淑英からオメガの匂いがすると言われたことがあった。

「勘違いだったがな。それに、たとえお前がオメガだったとしても、条件が合わない」

「条件？」

「ずっと、ある人物を探していた。私の運命の番だ。……おとぎ話だと笑うか？」

　瑞春はゆるくかぶりを振る。あの時は笑ってしまったけれど、今の淑英は真剣で、とてもからかえるような状態ではなかった。

「昔、一度だけ彼に会ったことがあるんだ。出会いが衝撃《しょうげき》的過ぎて、その瞬間は気づけずにいた。別れてからわかった。彼が、運命の番だと。だが、わかった時には遅かった。素性《すじょう》もわからない相手だ。兄上が即位《そくい》したばかりで、まだ宮中も不安定だった。とても探しに行ける状《じょう》況《きょう》ではなかった」

　その後、人を使って探させたが、捗々《はかばか》しい結果は得られなかった。

「だが、彼をずっと忘れられなかった。ほんの一瞬、顔を合わせただけの相手なのに。諦《あきら》めきれず、再びどこかで出会うのを夢見てきた」

「それが、寧寧だと？」

一度会っただけの相手に、それほどまでに惹《ひ》かれるのか。運命の番とは、アルファとオメガにとってそんなにも重要なことなのか。

ベータの瑞春は、急に置いていかれたような、悲しい気持ちになった。

侍従長に抜擢《ばってき》され、書房《しょぼう》の誰《だれ》より淑英と親しくしているのは自分だ。『御手印』の秘密だって知っているし、手伝っている。でも、どんなに親しくしようとも、自分は淑英にとってただの部下だ。だって瑞春はベータだから。

(だから何なのだ)

今さら、当たり前のことではないか。自分の中に沸《わ》き立つ感情が理解できない。

「寧寧が仮に、淑英様の言われる運命の番ならば、他《ほか》のお妃様はどうされるのでしょう」

再会を夢見る相手がいるのに、オメガの妃ばかりを八人も娶ったのか。目の前の男の不誠実さにいっそう心が沈《しず》む。

しかし、次に返ってきた答えに、瑞春は驚《おどろ》いてしばしモヤモヤとした感情を忘れた。

「この宮にいる妃は、いずれも仮初《かりそ》めのものだ。思流のうなじを見なかったか？　妃とは番の契約《けいやく》を交《か》わしていないし、夫婦《ふうふ》の契《ちぎ》りを交わしたこともない」

思流と淑英の、仲睦《なかむつ》まじそうに並ぶ姿を思い出す。あれが偽《いつわ》りのものだというのか。

「そんな……なぜ」

「互《たが》いの思惑《おもわく》が一致《いっち》しているからだ。私は運命の番を探していた。ただ彼とだけ添《そ》い遂《と》げたい。だが、いつ会えるかもわからない相手だ。皇弟《こうてい》の私が、いつまでも妻を娶らないわけにはいかない。そこで、本当の夫婦にならなくてもいい、仮初めの契約を結んでもらえる相手を探した。探してみると、婚姻《こんいん》の問題で困っている相手はことのほか多くてな。おかげでオメガの妃ばかり大勢抱《かか》えることになった」

それが今、この宮にいる妃たちということか。

「思流だけではなく、私の妃はみんな身体が丈夫《じょうぶ》ではない。いずれも子を産むのは危険だと、医者から言われている。オメガにかかわらず、世の妻は周囲から子を産むことを期待されるものだが、オメガは特に顕著《けんちょ》だろう」

オメガはアルファと交わって、高い確率でアルファを産む。アルファを産めるからこそ、オメガを妻にするのだ。逆に言えば、子を産まないオメガを妻にする利点はない。

「アルファの世継《よつ》ぎを産むことが最優先で、オメガの妻が虚弱《きょじゃく》だろうとお構いなしだ。オメガの家族も、息子《むすこ》を早く身分の高いアルファに嫁《とつ》がせ、子供を産ませようとする。お産で母体が危《あや》ぶまれると言ってもだ」

瑞春は思わず苦い顔になった。そうした話は、あちこちで聞く。アルファの夫と番になったのに、子を産めないからと、放《ほう》り出されたという話もある。

「身分が高いオメガほど、アルファの世継ぎを強く望まれる。自分の命と引き換《か》えにしても産めというのだ。理不尽《りふじん》ではないか」

淑英の口調には、苛立《いらだ》ちがあった。名ばかりの妃を娶ったのは淑英自身の都合からだが、虐《しいた》げられるオメガの実情を目の当《ま》たりにして、強い憤《いきどお》りを覚えたのだという。

「それで、オメガの方々を救おうと？」

「まさか。救うだなどと、傲慢《ごうまん》なことは考えていないさ。ただ、互いに思惑が一致したというだけだ」

淑英はオメガたちを娶り、囲い込む。傷一つ付けることなく、不自由のない暮らしをさせて、ゆくゆくは、子を生《な》さなくても咎《とが》められることのない良縁《りょうえん》を探して縁付《えんづ》かせてやる。

この宮の妃たちとは、事前にそういう約束を交わしているのだそうだ。

「私は色好み、オメガ好きの上に、種なしだからな。子が生まれなくても、妃が責められることはない」

あの噂《うわさ》も、淑英たちにとっては好都合だったのだ。いやひょっとすると、彼自身が流したのかもしれない。

「お妃お二人を下賜《かし》されたというのは、もともと計画のうちだったのですね」

瑞春が言うと、淑英はわずかに目を瞠《みは》った。

「知っていたのか」

「伯雲殿《どの》から聞いたのです」

聞いてもいないのに、自慢《じまん》げに教えてくれた。しかし、瑞春が伯雲の名前を出した途端《とたん》、淑英はちょっと皮肉っぽい顔になった。

「仲がいいのだな、お前たちは」

違《ちが》うと言っているのに。何度も否定するのも面倒《めんどう》で、瑞春は肩《かた》をすくめるだけにとどめた。

「下賜の件は、その通りだ。いつか他の男に嫁ぐ者たちに、手を付けるわけにはいかないからな。こうしてアルファの私だけ、別棟《べつむね》で暮らしている。やもめ暮らしのようで、いささか寂《さび》しいが、仕方がない」

「では、運命の番を……寧寧を娶られたら、いずれは彼だけを妃にするということですか」

そして淑英は生涯《しょうがい》、寧寧だけを愛するのか。二人が互いに寄り添う姿を想像し、こめかみがズキズキ痛んだ。

「さあ、どうだろう。相手の気持ちもあるしな。今はただ、会いたいだけだ。会って確かめたい。彼が運命の相手なのかどうか。あの日、彼を見た時に覚えた高揚《こうよう》を再び覚えるのかどうか。私が望むのはそれだけだ」

あの日、と言った淑英の目は懐《なつ》かしそうな、見たこともないくらい優《やさ》しい色をしていた。

見るたびに違う一面を見せ、捉《とら》えどころがないと思っていた男の本当の顔が、ようやくわかった気がする。

淑英は誠実で、一途《いちず》な男だ。兄である皇帝《こうてい》陛下に絶対の忠誠を誓《ちか》い、かつて一度会ったことのあるオメガをずっと心に住まわせている。

優秀で処世術に長《た》けていて、なのに意外と正義漢だ。身分や性別に関係なく誰にでも優しいけれど、本当に想《おも》う相手はただ一人、運命のオメガだけ。

甘く慈《いっく》しむような目が、ベータの自分に向けられることは決してないのだ。

淑英を見ていられなくなって、瑞春は視線をうつむけた。一刻も早くこの場を、彼のそばから離《はな》れたかった。

「では、寧寧の発情期が終わり次第《しだい》、お二人で会えるように取り計らいましょう。今日は帰ります」

下を向いたまま、早口に言った。急に素っ気なくなった瑞春の態度を訝《いぶか》しく思ったのか、わずかな間の後、淑英の戸惑《とまど》った声が聞こえた。

「……ああ、頼《たの》む」

「それでは失礼いたします」

そそくさと部屋を辞した。足早に宮の外に出る。伯雲の書類を忘れたことに気づいたが、戻《もど》りたくなかった。

今は、誰にも会いたくない。自分が、ひどく浅ましく、みじめな存在に思えた。今まで生きてきて、一度だってそんなふうに感じたことはなかったのに。

（なんで……どうして）

答えは、すぐそこにあった。少し伸《の》ばせば手が届く。でも手を伸ばす勇気が出ない。

この感情に名前を付けてしまったら、もう平気な顔で淑英の顔を見られない気がした。

ズキズキと頭が痛む。胃のムカつきも、先ほどよりひどくなっているようだった。身体《からだ》の奥からじくじくと気持ちの悪さが広がっていくようだ。熱っぽささえ感じた。

（また、風邪《かぜ》か？）

三か月前、皇帝陛下にお会いした直後に熱で倒《たお》れた時も、こんな感じだった。

こんなに気持ちが不安定なのは、きっと風邪で熱があるせいだ。瑞春は無理やりそう結論づけた。

（今日は部屋で寝《ね》ていよう。午後の『御手印』の手伝いも休ませてもらって）

ずっと、ここ何か月もの間、ほとんど休みもなく働き詰《づ》めだった。一日くらいダラダラしても、罰《ばち》は当たらないはずだ。

そんなことを考えている間にも、身体はどんどんだるくなる。しまいに立っていられなくなって、その場にしゃがみ込んだ。身体が熱い。

宮を出て、まだいくらも歩いていなかった。早く書房の住居棟《とう》に戻りたいのに、四肢《しし》が自由にならない。

何かがおかしい。身体の変調がただの風邪とは違うことに、ようやく気が付いた。

「雪大人？」

その時、少し離れた場所から訝しげな声がした。だるい頭をぎこちなく上げると、書房に続く小道の向こうから、伯雲が歩いてくるのが見えた。

「伯雲、殿」

「どうしたのだ、そんなところにしゃがみ込んで」

どうしてこんな時にこんなところで会うのだ、と間の悪い男を恨《うら》めしく思いつつ、具合が悪いと正直に話した。

「急に体調が悪くなってしまったんです。すみませんが、肩を貸していただけませんか」

伯雲の助けを借りるのは癪《しゃく》だが、立ち上がることができない。仕方なく頼んだのだが、伯雲はふふん、と馬鹿《ばか》にしたように笑った。

「だらしがないな。体調管理も仕事のうちだぞ。あと、風邪なら俺にうつすなよ」

いちいち憎《にく》たらしいが、それでも手は貸してくれるらしい。渋渋《しぶしぶ》顔で近づいてくる。

しかし、瑞春の数歩手前で突然《とつぜん》、歩みが止まった。一歩、二歩と後退《あとじさ》る。瑞春は訝しく思い、顔を上げると、驚愕《きょうがく》に見開かれた双眸《そうぼう》とぶつかった。

「どうしたんです」

「お前……その匂《にお》いは、なんだ」

伯雲の言葉の意味がわからなかった。ただ、自分から離れようとする彼を見て、助けてくれるつもりはないのだと悟《さと》る。

仕方なく、だるい身体を叱咤《しった》してゆるゆる身を起こすと、伯雲は化け物を前にしたかのように「うわぁっ」と声を上げ、瑞春を突《つ》き飛ばした。瑞春は尻餅《しりもち》をつく。

「何をするんです！」

抗議《こうぎ》の声を上げて睨《にら》んだが、伯雲はブルブルと震《ふる》えていた。

「お前から、オメガの匂いがする。なぜだ」

「そんな馬鹿な」

言ってから、瑞春は「あっ」と口と鼻を袖《そで》で覆《おお》った。確かに、なんとも言えない甘い匂いが香《かお》ってきたからだ。

だがそれは、瑞春ではなく伯雲から香ってきていた。先ほどまで何も感じなかったのに。甘ったるい、情欲《じょうよく》を刺《し》激《げき》する匂いだ。もっと嗅《か》いでいたいと思う。なりふり構わずその匂いのもとに抱《だ》きつきたい。下半身がずしりと重くなる。

「これ……あなたの匂いじゃないですか。あなた、オメガだったんですか」

瑞春が言うと、伯雲は震えながらも「ばっ、馬《ば》鹿《か》野《や》郎《ろう》！」と叫《さけ》んだ。

「俺はアルファだ。お前の発情のせいで、こっちがあてられたんだよっ」

オメガの発情の匂いにあてられると、アルファも発情してしまう。その際、オメガを惑《まど》わす匂いを発するという。発情したオメガとアルファは、互《たが》いに影《えい》響《きょう》し合い、昂《たかぶ》るのだと。

知識としては理解していた。でも、ベータの自分になぜ、オメガのような症状《しょうじょう》が起こるのか。

混乱する頭の中で、昨夜《ゆうべ》、食堂で聞いた道津老人の言葉を思い出した。

『私が出会った例では、発情期がなく、ベータだと思って暮らしていた男が、実はオメガだったということもありましたよ』

「私が……オメガ？」

そんなことがあるのだろうか。尻餅をついたまま呆然《ぼうぜん》とする瑞春に、それまで逃《に》げ腰《ごし》だった伯雲がゆらりと近づいた。

その目が情欲に濁《にご》っていて、瑞春は我《われ》に返った。

「お前のせいだぞ」

「俺を騙《だま》していたのだな」

「ち、違……おっ、落ち着いてください」

しかし、そう言う瑞春も伯雲が近づくたびにじくじくと身体が疼《うず》く。

足に力が入らず、立ち上がることができない。尻をついたまま後ろにいざった。伯雲がゆっくりと、獲物《えもの》を狙《ねら》う肉食獣《にくしよくじゆう》のようにそれを追いかける。

伯雲は、いつもの彼ではなくなっていた。目つきが理性のある人間のそれではない。

(逃げないと)

わかっているのに、身体が自由にならない。瑞春もまた、普段《ふだん》の瑞春ではなくなっていた。

身体が火照《ほて》り、下半身が疼く。前だけではなく、後ろに触《ふ》れたくてたまらない。もういっそ、伯雲に捕《つか》まって犯《おか》されたいとさえ思った。

(嘘《うそ》だ……嘘。こんなの、私じゃない)

混乱と恐怖《きようふ》の中、なぜか先ほど別れたばかりの淑英の顔が頭に浮《う》かんだ。

瑞春は振《ふ》り返った。よろよろと四つん這《ば》いになって、淑英の宮へ向かおうとしたのは、ほとんど無意識だった。

そんな瑞春の襟首《えりくび》を、伯雲が摑《つか》んで引きずる。我知らず、瑞春は悲鳴を上げた。

手が地面の砂利《じやり》を摑んでいることに気づき、咄嗟《とつさ》にその砂利を伯雲の顔に投げつけた。

「ぐうっ」

伯雲が呻《うめ》いて手を放した隙《すき》に、瑞春は立ち上がる。おぼつかない足で、必死に走る。

まるで水の中を走っているかのように、身体が自由にならなかった。もがくように走り、途《と》中《ちゅう》で何度か転んだが、それでもとにかく逃げた。振り返ると、こちらもふらつく足取りで、よろよろと伯雲が追いかけてくる。

二人とも酔《よ》っ払《ぱら》いのようだった。端《はた》から見たら、さぞかし滑稽《こっけい》な光景だっただろう。

しかし瑞春は、ただただ恐《おそ》ろしかった。自分の身体が変化したことも、自分を犯そうと襲《おそ》い掛《か》かる伯雲も。

「淑英様……。淑英様！」

気づけば瑞春は、大きな声で淑英の名を呼んでいた。彼に助けを求めたのか、ただ頭に思い浮かんだ彼を呼んだのか、自分でもわからない。

目の前に、淑英の宮の門が見えた。瑞春の叫び声が聞こえたのだろう、門番が顔を出し、驚《おどろ》いた顔をした後、すぐに中に引っ込んだ。

やがて何人か護衛の宦官《かんがん》が宮から出てきた。しかし、瑞春と伯雲を見て、すぐには何が起こったのかわからないようだった。

とにかくも、瑞春を追いかける伯雲を止めに入る。しかし、宦官たちはみな、体格では伯雲に劣《おと》っている。数人がかりでしがみついたが、完全に伯雲の動きを封《ふう》じることはできなかった。

「放せ！　あれは俺のだ！」

子供じみた態度で、伯雲が叫んでいる。人が変わったようで、瑞春はますます怖《こわ》くなった。

「や、やだ。いやだ」

伯雲に犯されたくない。どうせされるなら、淑英がいい。

「しゅ、淑英様……」

瑞春の声を聞いて、宦官の一人が「淑英様をお呼びするんだ」と、他《ほか》の者に声をかけていた。

伯雲と瑞春が発情しているのは明らかだが、瑞春がベータであることは、宮廷《きゅうてい》で知らぬ者はいない。いったい何がどうなっているのか、本人を含《ふく》めて誰《だれ》にもわからないのだ。

宦官たちは戸惑《とまど》いながらも、瑞春を支えて淑英の宮へ連れて行く。ようやく門をくぐったが、伯雲が引き留める宦官たちを振り切って、追いかけてきた。

「どけ！」

言うなり、瑞春に肩《かた》を貸していた宦官を殴《なぐ》りつける。それを見て瑞春は慌《あわ》てて逃げたが、後ろから髪《かみ》を摑まれた。

髪が抜《ぬ》けそうなくらい強く引っ張られて、抵抗《ていこう》できず地面に倒された。その上に、伯雲が覆いかぶさってくる。

ハァハァと息を荒《あら》げる男が狙っているのは、瑞春の白いうなじだった。何をしようとしているのか、瑞春は理解する。

「や、やめろ……やめろぉっ」

必死でうなじを守った。こんなことで、番《つがい》の契約《けいやく》を交《か》わしたくない。

うなじをかばった左手に、激痛が走る。伯雲が噛《か》んだのだ。伯雲は獣《けもの》のように瑞春の手に歯を立て続ける。手を食いちぎってでも、うなじを噛もうとしているようだった。

痛みに耐《た》え切れず、手が離《はな》れる。もうだめだ……絶望に陥《おちい》りかけたその時、強く風が吹《ふ》いた。

「瑞春！」

その風の向こうから、心に思い描《えが》いていた男が現れた。

「あ……しゅ……様」

会いたかった。助けに来てくれた。目の前の霧《きり》が晴れたような気がしたが、こちらに近づいてくる淑英が口元を手で覆ったのを見て、再び絶望した。

（そうだ、淑英様もアルファなのに……）

どうして彼に助けを求めてしまったのだろう。このままでは、淑英まで巻き込んでしまう。

「う……」

くしゃりと顔が歪《ゆが》むのがわかった。もう、どうしたらいいかわからない。

「瑞春」

怯《ひる》んでいた淑英が、ハッと我に返る。素早《すばや》く近づくと、瑞春の手に噛みついたままの伯雲を力ずくで引き離した。なおも暴れる男の顔面に拳《こぶし》を一つ叩《たた》き込む。伯雲は「みぎゃっ」と、おかしな声を上げてその場に頽《くずお》れた。

淑英は、伯雲が意識を失ったのを確認《かくにん》すると、地面に這《は》いつくばっている瑞春を両腕《りょううで》に抱え上げた。宮に向かって歩きながら、集まった宦官たちに指示を出す。

「衛兵を連れきて、その男を内宮の医局へ運ばせろ。それから書房にいる、高梁覚羅道津という老人を呼んでくるんだ。彼は医者で、第二性にも詳《くわ》しいはずだ」

「淑英様。そちらの方は、発情中のオメガなのでは？　我々が運びましょう」

宦官の一人が、戸惑いながらも言った。そういえば、淑英の身体《からだ》からも甘い香《かお》りがし始めている。

「いい。これは私が運ぶ」

しかし淑英はきっぱりと言い、瑞春を抱えたまま歩き出した。

歩くごとに、甘い香りが強くなる。伯雲の発する匂《にお》いとは違《ちが》う、もっと強烈《きょうれつ》に理性を溶《と》かす匂いだった。

「う……えっ、うぅっ」

恐怖は薄《うす》らぎ、涙《なみだ》がこぼれた。安心できる状況《じょうきょう》ではないはずなのに、自分はこの男に身も心も許してしまっている。

「す、すみ……すみません」

「何も心配するな。もう大丈夫《だいじょうぶ》だ。……大丈夫」

泣いて謝罪を繰《く》り返す瑞春を、淑英は優《やさ》しくなだめる。しかし、淑英を見ると、その額には脂汗《あぶらあせ》が滲《にじ》んでいた。彼も、瑞春の発情にあてられたのだ。

自分だって苦しいはずなのに、決して表情を崩さない。瑞春を抱え迷わず先を進む。

母屋《おもや》を通り過ぎ、離れに着くと、執務室《しつむ》ではなく寝室《しんしつ》へ向かった。とはいえ、そこが淑英の寝室だと瑞春が気づいたのは、寝台に寝《ね》かされてからだ。

瑞春を下ろすと、淑英は窓を開け放つ。それから宦官に命じた。

「水と丸薬、それに止血するものを。それから湯の用意をしておいてくれ。私がいいと言うまで、部屋の周りに誰も近づけるな」

宦官が持ってきた物を受け取ると、淑英は部屋の扉《とびら》を閉《と》ざした。手にしていた薬を半分口に入れてバリバリと嚙み砕《くだ》く。嚥下《えんか》してから、もう半分をまた口に含んだ。今度は水を飲んで、瑞春に口うつしでそれを飲ませた。

「ふ、ぅっ」

突然《とつぜん》、口づけされたので、瑞春はびっくりした。もがいたが、頰《ほお》を両手で挟《はさ》まれていて、動かすことができない。そうこうしているうちに、苦い薬の味がする水が流れ込んでくる。

「苦くても、ぜんぶ飲み込め。アルファのための丸薬だが、オメガの発情にも効く」

言われて、嚥下した。その間に、淑英は瑞春の傷ついた手に布を巻いて手当てをしてくれた。

「痛かったな。可哀想《かわいそう》に」

痛ましそうに言われて、また涙が出た。迷惑《めいわく》をかけているのに、ただただ労《いた》わってくれる。

「う、ぇ……っ」

お礼を言おうと口を開いたのに、嗚咽《おえつ》しか出なかった。

胸が苦しい。淑英の顔を見るといっそう甘く苦しくなり、身体の奥がじんじんと疼く。服の下で性器が昂《たかぶ》り、下着を濡《ぬ》らしているのがわかった。触れたいけれど、淑英がいる。

「……薬が効かないか」

寝台の上で苦しげに身を捩《よじ》る瑞春を見て、淑英は言った。

「瑞春。今から、発情の熱を冷ますためにお前に触《ふ》れる。任せてくれるか」

触れるというのが具体的にどういうことなのか、朦朧《もうろう》とした頭でわからなかったが、瑞春はうなずいた。

苦しくてたまらなかったし、この状態をどうにかしてくれるのなら、何にでも縋《すが》りたい。

それに淑英が触れてくれるというなら、拒《こば》む理由はもうなかった。

「お願い……します」

頼《たの》むと、淑英はどこか切なげに、けれど優しく微笑《ほほえ》んだ。

それから子供にするように、瑞春の額に口づける。チュッ、チュッ、と音を立てて、口づけは額や頬に繰り返された。

甘く優しい感覚に陶然《とうぜん》としている間に、長く繊細《せんさい》な指先が瑞春の衣服をくつろげていく。

素肌《すはだ》が露《あら》わになり、下着にまで手をかけられると、わずかに理性が戻《もど》って羞恥《しゅうち》を覚えた。

「あ……」

「どうした。恥《は》ずかしくなったか？」

足を閉じた瑞春を見て、淑英は微《かす》かな笑いを含んだ甘い声音《こわね》で言う。耳元で囁《ささや》かれ、ゾクゾクと背筋が震《ふる》えた。

「大丈夫。ただ気持ちがいいだけだ。何も怖いことはない」

搦《から》めとるように低く囁かれ、足をゆるゆると割り開かれた。下着を解《ほど》かれ、熟《う》れきった性器が勢いよく跳《は》ねた。

「今にも弾《はじ》けそうだな。辛《つら》かったろう」

言いながら、長い指がぬめった鈴口《すずぐち》に触れる。それだけで、瑞春は達してしまった。

「ひぅっ」

溜《た》まっていた大量の精液が噴《ふ》きあがり、淑英の指を汚《よご》した。

「も、申し訳……」

「いちいち謝っていては身がもたんぞ。一度では治まらないだろう」

瑞春の性器は、硬《かた》く尖《とが》ったままだった。淑英はその肉茎《にくけい》に指を絡め、ゆるく扱《しご》き上げる。

「は……ぅ」

発情期であることを差し引いても、たまらない快感だった。頭の中が真っ白になりかけたが、淑英の顔を見て意識を取り戻す。

「あ、じ、自分でやります」

自分は淑英に、なんてことをさせているのだ。羞恥でオロオロする瑞春に、淑英は軽く目を細めた。

「私に任せると言っただろう？　なんだ、人にしてもらうのは初めてか」

「あ、当たり前……ひっ」

「口づけも？」

美貌《びぼう》が近づいてきて、唇《くちびる》を奪《うば》われた。薬を口うつしされた時とは違う、本当の口づけだ。舌を絡められ、唇で唇を愛撫《あいぶ》された。

「私が初めてか」

どこか嬉《うれ》しそうに言う。濡れた唇が色っぽいと思った。淑英の首筋から香る、アルファの甘い匂いが本能を刺激《しげき》する。

「は……ぁ……」

口づけされ、性器を扱かれて、瑞春はまたあっという間に達してしまった。びゅくびゅくと精を噴き上げる間も、淑英は手淫《しゅいん》を止《や》めてくれない。

「や、待っ……出てるからっ」

「まだ硬い」

瑞春の性器を扱きながら、淑英がふっと笑った。物騒《ぶっそう》な笑いだった。

立て続けに二度も射精したのに、確かに興奮は治まらない。空っぽになった陰嚢《いんのう》の奥が、キュンと疼《うず》いている。その疼きは射精するごとに治まるどころか、強くなる一方だった。

「こちらも切ないか？」

そんな瑞春の身体に目ざとく気づき、淑英の指が後ろに伸《の》びる。差し入れられた指を、窄《すぼ》まりは難なく飲み込んだ。

「や、そんなところ……」

「濡れてる」

言って、淑英は瑞春に聞かせるように、クチュクチュと指を出し入れした。いやらしい水音と肉襞《にくひだ》を擦《こす》られる快感に、わけがわからなくなる。

このまま理性を手放してはいけない気がして、当てもなく視線を彷徨《さまよ》わせる。と、淑英の下腹部が目に入った。

服の上からでもわかるほど、彼のそこも大きく張りつめていた。発情の熱にあてられているのだから、当然だ。

淑英の額には脂汗が滲んでいて、その表情は伯雲から瑞春を救い出した時よりも、いっそう苦しげだった。襲《おそ》い掛《か》かりたい欲望《よくぼう》を、必死で抑《おさ》えているのだ。

それに気づいた時、瑞春の胸に情欲《じょうよく》とは違う強い感情がこみあげた。喜びと、申し訳なさ、それから愛《いと》しさ。

(好き)

必死で目を背《そむ》けていたのに、気づいてしまった。淑英が好きだ。

自覚すると、抑えていた想《おも》いが弾けて、身体中が淑英への恋情《れんじょう》でいっぱいになった。腰《こし》が重くなり、指を含《ふく》んだ肉がキュッと収縮する。

「瑞春?」

「淑英様、あの、それ……」

好き、という言葉を飲み込んで、瑞春は淑英の張りつめた場所を指さした。

「わ、私がその、お返しに淑英様のを……」

本当は抱《だ》いてほしかったが、それを言うのは図々《ずうずう》しい。してもらうばかりなのも申し訳なくて、自分も淑英のために何かしたいと思ったのだが、瑞春の言葉が淑英には面白《おもしろ》かったらしい。

「お返しか」

後ろを愛撫する手を止めて、クククッと笑った。それから軽く、瑞春に口づける。

「気持ちだけ受け取っておこう」

「でも」

辛そうだ。自分も発情で辛いから、相手がどれだけ我慢《がまん》しているのかわかる。

「今、お前に触れられたら、理性の箍《たが》が外れてしまう。服をくつろげたら、お前のここに無理やりにでもぶち込んでしまうだろうな」

ここ、と言いながら、また後ろを抜《ぬ》き差しする。陰嚢の裏をコリコリと弄《まさぐ》られ、「ああっ」と嬌声《きょうせい》を上げてしまった。

「ここがいいのか？　前が揺《ゆ》れてるぞ」

「んぅ……あ、あっ」

いつの間にか指が増やされていた。肉壁《にくへき》を圧迫《あっぱく》する指の太さに、淑英の物もこれくらいだろうかと考える。彼の男根を埋《う》め込まれるところを想像し、後ろがいっそう濡れるのがわかった。

「また匂《にお》いが濃《こ》くなった」

淑英がつぶやく。声音はどこか陶然としていた。瑞春の痴態《ちたい》を見つめる目が、すっと細められる。喉仏《のどぼとけ》が大きく上下した。

食べられる、と快感に痺《しび》れた頭で瑞春は思う。淑英にならら、食べられてもいい。そんなことさえ考えた。

「淑、英……様」

うわ言のように呼ぶと、淑英は微笑んだ。それから、身体《からだ》をずらして瑞春の股間《こかん》に顔をうずめた。

「ひっ」

温かくぬめった感触《かんしょく》が、瑞春の性器を包んだ。淑英の口に含まれているのだと気づいた時、強く吸引され、理性が弾け飛んだ。

「や、それ、やぁ……っ」

恥ずかしいことをされているのに、気持ちが良くてたまらない。さらに後ろを弄られると、もう何も考えられなくなった。

「あ、あっ、いっ……」

自ら腰を振《ふ》り、尖った乳首《ちくび》を指で捏《こ》ねた。淑英は瑞春のそんな痴態を楽しむように目を細め、口淫を続ける。

強烈《きょうれつ》な刺激に、瑞春は射精した。達しても快感は終わらず、ずっと射精しているかのような絶頂が続く。

「あ、あ……」

「瑞春」

終わらない快楽に震《ふる》える身体を、淑英が抱きしめる。

「瑞春……」

正面から抱き締《し》め、瑞春の頭を抱《かか》え込んだのは、うなじを噛《か》まないようにする配慮《はいりよ》だろうか。

淑英から漂《ただよ》うアルファの香《かお》りに意識が朦朧《もうろう》としたが、彼に抱き締められると不思議と安心した。瑞春も、淑英の身体に腕《うで》と足を絡《から》める。

ぴたりと合わさった淑英の身体が、一度だけビクビクと震えた。色めいた吐息《といき》が耳元で聞こえて、彼が服の下で射精したのだと悟《さと》る。

不思議な安堵《あんど》と充足感《じゅうそく》に満たされ、瑞春はいつしか淑英の腕の中で意識を手放していた。


次に目を覚ました時、快楽の沼地《ぬまち》に沈《しず》んだようだった意識は、だいぶはっきりしていた。

見知らぬ天井《てんじょう》があって、ここはどこだろうと不思議に思う。

「起きましたか」

ぐるりと辺りを見回した先に、見覚えのある顔があった。淑英の妃《きさき》、思流だ。

瑞春は驚《おどろ》いて「わっ」と声を上げ、それから自分の不作法に気づいて慌《あわ》てた。

「お、お妃様！　これはとんだご無礼を」

思流がいるということは、ここは淑英の宮なのだろう。しかし、意識を失う前にいた淑英の寝室《しんしつ》とは違《ちが》う、別の寝台に寝《ね》かされていた。

怪我《けが》をした手にはきちんと包帯が巻かれ、高価な絹の寝間着を着せられていた。

「ここは淑英様の宮、妃たちが住まう母屋《おもや》です。無理に起き上がらなくてもいいですよ。発情期は身体がだるいでしょう」

あれから、母屋に運ばれ寝かされていたらしい。起き上がろうとすると押しとどめられた。

理性が溶《と》けるような強い発情は治まったが、身体はひどくだるく、熱っぽい感覚があった。

「お前、道津先生をお呼びしなさい。瑞春殿《どの》が目覚めたと」

思流は部屋にいた宦官《かんがん》に命じると、円卓《えんたく》に置いてあった湯飲みを持ってきて、瑞春に飲ませようとする。

「お手を煩《わずら》わせて申し訳ありません。一人でできますので」

お妃に世話をさせるなんてと、瑞春は慌てたが、「そんなのはいいから」と、強い口調で言われてしまった。

湯飲みの中身は薬湯だった。淑英に飲まされた丸薬よりはるかに苦いし臭《くさ》い。舌触《したざわ》りも、ドロッとしているかと思うと、たまにツブツブした謎《なぞ》のものが交ざっている。一口で「もういいです」と降参するのを、思流は構わずぐいぐい飲ませた。

「苦くてもちゃんと飲みなさい。発情期の症状《しょうじょう》が穏《おだ》やかになる薬です」

たびたびえずきながら最後の一滴《いってき》まで飲み干したが、しばらくすると確かに、身体の疼きや火照《ほて》りがいくらか取れてきて、少し楽になった。

「私は、オメガだったのでしょうか」

この薬が効くということは、そういうことなのだろう。思流に尋《たず》ねたが、「私には何とも」と、曖昧《あいまい》に首を振られた。

その時、ちょうど折よく道津老人が部屋に現れた。顔の下半分に布巾《ふきん》を巻いているのは、オメガの発情の匂いをかがないようにするためだろう。ベータといえども、強い発情の匂いにあてられることがある。

「ふむ。少し、症状がましになりましたな」

「今、薬湯を飲ませましたので」

「はは。それで瑞春殿は、苦い顔をしてるんですな」

道津老人は笑って言い、瑞春に近づくと、脈を取ったり、腕や首筋を押して何かを確かめていた。

「うん、だいぶ症状が治まっている。昨日、こちらに運ばれた時には発情期の真っただ中だったのに、今は終わりかけのようだ」

ここに来た時のことを、瑞春は覚えていない。覚えているのは、淑英の手で離《はな》れに運ばれ、彼に愛撫《あいぶ》されて何度も精を吐《は》いたところまでだ。

その後、淑英の腕の中で意識を失うように眠《ねむ》って、その間に母屋に運ばれたらしい。後は丸一日、眠り続けていたのだという。

思流と使用人が瑞春の看病をして、道津も何度か様子を見に来てくれたそうだ。意識がない間にそんな厄介《やっかい》をかけていたとは、申し訳ない。

「伯雲殿も、昨日は内宮の医局に泊《と》まられたようですが、今朝は書房《しょぼう》に戻《もど》ってきました。もう何ともないようですよ」

道津老人の説明に、伯雲を巻き込んだことを思い出した。

「彼にも迷惑《めいわく》をかけてしまいました。怒《おこ》っていたでしょう」

すまないことをした。伯雲はきっと、自分を恨《うら》んでいるはずだ。もともと嫌《きら》われていたし、自分も伯雲が好きではなかったが、今後、彼から向けられるだろう眼差《まなざ》しを想像すると、悲しい気持ちになる。

道津老人はしかし、柔《やわ》らかく微笑《ほほえ》んで首を横に振った。

「怒ってはいませんでしたよ。ただ、落ち込んでいました」

「落ち込む？　彼が？」

「伯雲殿は今まで、オメガの発情にあてられた経験がなかったそうなのです。どうもアルファの業《ごう》を甘くみていたようですな」

オメガの発情の誘惑《ゆうわく》くらい撥《は》ねのけられる、と根拠《こんきょ》のない自信があったそうだが、今回、我《われ》を忘れてしまった。あまつさえ、宦官を殴《なぐ》ったり、瑞春に噛みついて怪我を負わせたのだ。

それで大いに落ち込んでいるという。話を聞いて、瑞春はますます申し訳ない気持ちになった。伯雲だけではない、淑英にも、この宮の人々や道津老人にも迷惑をかけた。

「本当に、私のせいで大勢の方々にご迷惑をおかけしました」

「瑞春殿のせいではありませんよ」

思流が思わず、というように言った。道津老人もうなずく。

「瑞春殿は、自分がオメガだとは知らなかったのですからな。これは誰《だれ》が悪いというわけではありません」

「やっぱり、私はオメガなのですね」

絶望的な気持ちになりながら、道津老人を見た。老人が小さくうなずき、瑞春は頭を抱える。

自分では、オメガに対して偏見《へんけん》はないつもりだった。オメガもベータもアルファも、体質が違うだけで本質は変わらない。

そう思っていたのに、自分がオメガだと分かった今、どうしようもなく落胆《らくたん》している。

これからどうなるのだろう。進士という身分は？　オメガは科挙を受けられない。科挙試験で不正をした場合、最悪は死罪だ。

たとえ死罪にならなくても、進士ではなくなるかもしれない。「状元」のベータが実はオメガだったなんて。故郷の両親はどう思うだろう。

淑英は？　やはり落胆するだろうか。侍従長《じじゅう》の肩書《かたが》きも外されてしまうだろう。発情期には働けないのに、侍従たちをまとめることなんてできない。

「私はこれから、どうなるのでしょう。性別を詐称《さしょう》したから、仕事はクビでしょう。罰《ばつ》を受けるでしょうか」

「落ち着いて、大丈夫《だいじょうぶ》ですよ」

混乱する瑞春の肩に、温かい手がそっと触《ふ》れた。思流だった。

「淑英様がいらっしゃるのです。たとえ瑞春殿がオメガだとわかっても、決して悪いようにはなりません」

その言葉に、瑞春もようやく冷静になれた。そうだ、そもそも「香林書房」は、オメガでも関係なく採用されている。それに、淑英はオメガを庇護《ひご》するためにオメガの妃を娶《めと》ったような人だ。瑞春のことだって、落胆したり侮蔑《ぶべつ》の目を向けたりはしない。

——何も心配するな。もう大丈夫だ。……大丈夫。

発情の中で聞いた、淑英の優《やさ》しい声を思い出した。胸の奥がまた、切なくなる。

「もう、一昨日《おととい》のことになりますかな。瑞春殿は食堂で、私と寧寧殿が話していたのを聞いておられたでしょう」

瑞春が落ち着きを取り戻したのを見て、道津老人が訊《たず》ねた。

「は、はい。すみません。つい、聞こえてしまって」

「はは、咎《とが》めているのではありませんよ。ベータだと思っていた男性がオメガだったという症《しょう》例《れい》、あれがあなたにも当てはまるのではないでしょうか」

言われて、一昨日の会話を思い出してみる。

「確か、特定の相手が間近にいる場合だけ、発情期が起こると」

アルファ性を持つ特定の人物と離れている間は、発情期が訪《おと》れ《ず》ることはなく、ベータと変わらないのだという。まさに運命の番《つがい》だと、寧寧が言っていた。

「そうです。さて、そこであなたの相手は誰かという話になりますが」

道津老人は考え込むように長い顎《あご》ひげを弄《いじ》った。瑞春はドキドキしながら、話の続きを待つ。

「今のところ最も有力なのは、伯雲殿、ということになりましょうか」

「ええ～っ」

思わず、不満の声を上げてしまった。思流は驚《おどろ》いて眉《まゆ》を引き上げ、道津老人は書房での伯雲と瑞春のやり取りを見ているせいか、「ほほっ」と愉快《ゆかい》そうに笑った。

「伯雲殿が淑英様に伝えたところによると、自分が何気なく近づいた途端《とたん》、瑞春殿が発情したとか。瑞春殿は『香林書房』に来るまで発情期はなかった。それが、伯雲殿と密に接するようになって初めて発情期が訪れたのですから、まあいちおうのつじつまは合っておりますな」

「そ、そんな」

よりにもよって、運命の番が伯雲だなんて。

今回、伯雲には申し訳ないことをしたと思っている。だがそれと、彼に対する感情は別だ。あの男に、これっぽっちも好意など感じない。それどころか、発情期の今でさえ、彼と閨《ねや》を共にすることを考えるとゾッとするのに。

「運命の番同士は、必ず番の契約《けいやく》を結ばなくてはいけないのですか？」

できれば願い下げたい。瑞春が眉をひそめて言うと、道津老人はまた「ほほ」と笑った。

「いいや、そんな決まりはありませんよ。それに、伯雲殿があなたの相手だというのは、一つの推測に過ぎません」

「『香林書房』には、他《ほか》にもアルファの方がいらっしゃるのでしょう？」

思流も、瑞春の伯雲に対する感情に気づいたようで、慰《なぐさ》めるように言う。道津老人は「その通りです」とうなずいた。

「誰が相手かはまだ、断言できません。他の誰かが相手の可能性もある。伯雲殿はたまたま、瑞春殿《どの》が発情しているところに通りかかっただけかもしれません」

それを聞いて、瑞春は少しだけ安堵《あんど》した。伯雲だけは絶対に嫌《いや》だ。

「しかし、瑞春殿がオメガに目覚めた経緯《けいい》を考えますと、瑞春殿が『香斎侍従』に選ばれてから出会った誰か、ということになりましょう。あるいは淑英様、という可能性もあります」

（淑英様……）

その可能性を考えた時、伯雲の名前を聞いた時とは正反対に、喜びがこみあげる。けれどすぐにその考えを打ち消した。

（いや、淑英様の運命の相手は、私じゃない）

淑英は自分の運命の番に会ったことがある。ずっとその人を探していた。けれど、たとえ瑞春がオメガだったとしても、条件が合わないのだと言っていたではないか。

アルファにとっても、オメガにとっても、運命の番とは互《たが》いにただ一人だけ。

淑英が違《ちが》うというのだから、自分は運命の相手ではないのだろう。

「私の運命の番は、淑英様ではないと思います」

瑞春は言ったが、しょんぼりした気持ちが声に出るのを隠《かく》せなかった。

「まあ、そう結論を急がないで。相手が誰かはおいおい検証しましょう。オメガとしてのあなたの体質も、きちんと確認《かくにん》せねば。念のために聞きますが、発情したのは今回が初めてですかな。何か予兆があったり、軽い発情を経験したことは？」

オメガの発情も、体質やその時々の体調によって、強弱が異なるという。はっきりとした発情ではなくとも、軽い身体《からだ》の疼《うず》きや火照《ほて》り、熱が続いたことはないかと聞かれた。

瑞春は、過去に記憶《きおく》を巡《めぐ》らせてみる。

「そう言えば……」

子供の頃《ころ》、熱で倒《たお》れた時、医者からオメガではないかと言われたのだ。皇帝《こうてい》陛下の即位《そくい》式《しき》で、陛下に命を救われた直後だ。

「お心当たりがありましたか」

「はい。実は子供の頃に一度、熱を出して倒れたことがあるのです。今回の症状《しょうじょう》によく似ておりましたし、医者は、私がオメガだと診断《しんだん》したそうです。もっとも、三日で治りましたし、当時は九歳の子供でした」

オメガが初めての発情期を迎《むか》える時期は、人によって差があるが、早くても十一、二歳頃《ごろ》からだと聞いたことがある。瑞春の九つという年は、いささか早すぎる。

三日でけろりと治ったし、その後は同じ症状は現れなかった。

しかし、瑞春がそう言うと、道津は興味を惹《ひ》かれたように、真っ白な眉の奥にある小さな目を見開いた。

「ふむ。確かに、初めて発情を迎えるには幼いが、まったくあり得ない話ではありません。ちなみにその、熱を出した時というのは、どういう状況《じょうきょう》だったのでしょう。誰か、普段《ふだん》は会わない人と出会ったとか」

すぐに思い浮《う》かぶのは、皇帝陛下だ。まさか、と内心で笑い飛ばしてから、ふともう一つの事実を思い出した。

九歳の時に熱を出し、それから同じ症状は現れなかった。……今から三か月前、皇帝陛下にお会いするまでは。

三か月前、皇帝陛下と会った直後に瑞春は、熱を出して倒れた。あの時も、子供の頃と良く似た症状だった。やはり三日で治った。

淑英もあの場にいたが、九歳の時に会ったのは皇帝陛下だけだ。

あれから陛下にお会いしていないが、しかし「香林書房」は内宮にある。内宮といっても広大だが、知らないうちに近くに陛下がいらしたかもしれない。可能性はある。

ぞくりと身が震《ふる》えた。陛下のことは敬愛しているが、これは瑞春が安易に口にしていいことではない。

皇帝陛下に運命の番が現れたなら、後宮の勢力図が変わる。それは宮廷《きゅうてい》の政治の世界にも関《かか》わることだった。

「誰と出会ったのかは、わかりません。ちょうどお祭《まつ》り騒《さわ》ぎの街中に出た時で。いろいろな人がその場にいましたから」

湧《わ》き上がる懸念《けねん》を飲み込んで、瑞春はそれだけ言った。

「それは仕方ありませんな。当面のところは、三月に一度の発情期の間だけ、アルファの方々とは離《はな》れていたほうがいいでしょう。なに、そう難しいことではない。他のオメガの方々と同じように行動すればよろしい」

ひとまず今は、ゆっくり休むようにと言い、道津老人は書房に帰っていった。

瑞春も住居棟《とう》に戻《もど》ろうとしたのだが、思流に「何を言ってるんです」と叱《しか》られてしまった。

「発情期のオメガがふらふら外出するなんて、できませんよ。あなたは発情期が終わるまで、ここにいるんです」

「えっ」

発情期は通常、七日から十日ほど。そんなに長い間、皇弟殿下《こうていでんか》の妃《きさき》の宮に居候《いそうろう》をするのか。

「で、でも、住居棟には他のオメガもおりますし。あと仕事とか」

困惑《こんわく》してモゴモゴと言ったが、「だめです」とぴしゃりと言われてしまった。

「誰《だれ》でも初めての発情期には戸惑《とまど》うのですよ。あなただって混乱しているはずです。これが子供なら、親なり周りの大人が、オメガの心得というものを教えるのでしょうが、あなたは自分がオメガだと知らないまま大人になってしまった。今後の生活について気を付けなければならないこと、私が教えてさしあげます」

実を言えば、まだ自分がオメガだということが実感できず、心細い。書房に戻ればオメガはいるが、彼らからオメガの心得など聞き出せるかどうかわからない。

思流の申し出は、非常にありがたかった。

「何から何まで、ありがとうございます。それではお言葉に甘えまして、御厄介《ごやっかい》になります」

その場に手をついて頭を下げる。思流はにっこりと微笑《ほほえ》んだ。

「いいんですよ。私はここでは下っ端《ぱ》の弟分で、退屈《たいくつ》だったんです。ではもう一杯《いっぱい》、薬湯を飲ませてあげましょう」

「え、薬湯」

先ほどの味を思い出して遠慮《えんりょ》したが、思流はそれを無視し、ぐいぐい飲ませた。

死ぬほど不味《まず》いが、飲むとまた少し楽になる。我知《われし》らず強張《こわば》っていた身体が弛緩《しかん》し、不意に眠気《ねむけ》が襲《おそ》ってきた。

そうなることがわかっていたのか、思流は瑞春を寝《ね》かせて布団《ふとん》をかぶせてくれた。

「発情すると、それだけで気力や体力を奪《うば》われるんです。今はゆっくりお休みなさい」

ポンポン、と母親が子供をあやすように、肩口《かたぐち》を叩《たた》く。その振動《しんどう》が心地《ここち》よく、瑞春はいつの間にかすうっと穏《おだ》やかな眠りについていた。

瑞春が寝かされていたのは、かつての妃の部屋らしい。家臣に下賜《かし》されたという、二人のうちの一人だ。

皇弟のお妃の部屋だけあって、部屋は広く調度も立派だった。「香林書房」の住居棟もなかなか立派だと思ったが、ここは華《はな》やかさと繊細《せんさい》さが加わっている。

瑞春が滞在《たいざい》中は専従の宦官《かんがん》が付いてくれて、また思流をはじめ六人の妃が入れ代わり立ち代わり、瑞春の様子を見に来たので、書房にいた頃より賑《にぎ》やかだった。

もっとも、思流以外のお妃は、ただの野次馬というか、進士で「状元」だった元ベータがどんな男なのか、興味津々《きようみしんしん》だった。

お妃の集まる母屋《おもや》と聞いて、楚々《そそ》とした人たちがいる静かな場所だと勝手に想像していたが、まるで男子寮《りよう》のようだ。生活も、皇族の妃にしてはかなり自由なようである。

あれこれと理由をつけて瑞春の部屋に遊びにきて、質問《しつもん》攻《ぜ》めにしたり、退屈だろうと艶本《えんぽん》を持ってきてくれたりして、思流に見つかっては叱られていた。

自分を下っ端だと言っていた思流だが、意外にもしっかり者で面倒見《めんどうみ》がいい。オメガとしての心得、生活する上で気を付けなくてはならないこと、薬湯の煎《せん》じ方などを細かく教えてくれた。

道津老人も毎日様子を見に現れ、書房の様子を聞かせてくれた。

瑞春がオメガだったという事実は、書房の侍従《じじゆう》たちにも知られてしまったらしい。

ただし、淑英から緘口令《かんこうれい》が敷《し》かれ、口外したら打ち首、と脅《おど》されているらしいので、今のところ書房の外には漏《も》れていないという。

ひとたび書房の外に話が漏れれば、噂《うわさ》は瞬《また》く間に広がり、城の外へも流れていくだろう。淑英の気遣《きづか》いに感謝した。

朝昼晩、欠かさず苦くて臭《くさ》い薬湯を飲んでいると、発情の症状も落ち着いた。これも個人差があって、まるで改善されない人もいるのだという。瑞春は比較的《ひかくてき》、症状が軽いようだ。

三日目にはすっかり症状が消え、四日目には道津から、「そろそろ、書房に戻っても大丈夫《だいじょうぶ》でしょう」とお墨付《すみつ》きをもらった。

それでも念のためにもう二日、留め置かれることになったのは、瑞春がオメガとしては特異な体質で、何が起こるかわからなかったからだ。

発情期が終わって身体が元に戻ると、気持ちもだいぶ落ち着いて、すると今度は自分がこれから、どういう処遇《しょぐう》を受けるのか不安になってきた。

仕事もなく毎日寝ているだけだから、いろいろ余計なことを考えてしまう。考えは膨《ふく》らんで次第《しだい》に妄想《もうそう》になり、瑞春ばかりか故郷の両親、一族がベータを騙《かた》った罪で処刑《しょけい》される……というところまで考えて、布団の中で泣いてしまった。

淑英が瑞春の部屋を訪《おとず》れたのは、四日目の夜、ちょうど瑞春の妄想が暴走して、布団をかぶって泣いていた時だった。

従僕の宦官が突然《とつぜん》、淑英の訪《おとな》いを告げたので、瑞春は文字通り飛び上がった。

「発情期が治まったと聞いてきたのだが。具合が悪ければまた、日を改めよう」

扉《とびら》の向こうから、淑英の声がした。久しぶりに聞く淑英の声に、また胸の奥が引き絞《しぼ》られる。

瑞春はもう、自分の気持ちには気づいていたが、必死でそれを押し込め、考えないようにした。

考えてしまうともう、淑英の顔がまともに見られなくなる。

「だ、大丈夫です。どうぞお入りください」

瑞春が答え、瑞春付きの従僕が扉を開けた。最初に見えたのは淑英付きの宦官で、続いて淑英が入ってくる。

瑞春が寝台《しんだい》から下りて礼をすると、「いい。楽にしろ」と淑英がそれをなだめた。

三日ぶりにその姿を見た時から、瑞春はドキドキと胸が逸《はや》って、彼の顔が見られなくなっていた。どうしても、離れで彼にしてもらったことを思い出してしまうのだ。

あれは発情を治めるための処置に過ぎず、意識してはいけないと言い聞かせた端《はし》から、淑英を意識してしまっている。

「このたびは、本当にご迷惑《めいわく》をおかけしました。道津先生の見立てでは、私はオメガだとか。これまで宮中で性を偽《いつわ》っていたこと、どんな処罰《しょばつ》でも受ける覚悟《かくご》でおります」

「その話だが。とにかくそう畏《かしこ》まっていては話もできん」

瑞春が淑英の顔を見ようとしないのを、断罪を恐《おそ》れているからだと思ったようだ。淑英は言って、従僕にお茶を持ってこさせた。

瑞春がもう身体《からだ》はなんともないと言ったので、お茶は円卓《えんたく》に運ばせ、二人で向かい合わせに座った。淑英は、従僕たちを退出させたが、呼べば聞こえる場所に侍《はべ》らしている。部屋の扉も開けたままだ。発情期を終えたばかりのオメガと、同じ部屋にいるための配慮《はいりょ》だろう。

まずは茶を飲めと言われたので、瑞春はその通りにした。その間は会話もなく、気まずい。

「あの」

「皇帝陛下《こうてい》に、今回のことをご報告申し上げた」

何か言うべきかと口を開きかけた時、淑英の言葉がかぶさった。ハッと顔を上げる。淑英がにこりともせずこちらを見ていたので、きっと処遇が決まったのだと思った。やはり、処罰されるのだろうか。

「――泣いていたのか」

不意に、向かいから手が伸《の》びてきて、指先が瑞春の目元を掠《かす》めた。瑞春が焦《あせ》って目元を押さえると、淑英は微《かす》かに笑う。その目に痛ましげな色があった。

「大変だったな。手の怪我《けが》の具合はどうだ」

言われて、そういえば怪我をしたんだっけと思い出した。淑英が布を巻いてくれた後、瑞春が意識を失っている間に、きちんと手当てをしてくれていた。

「もう、だいぶ良くなりました。湯あみの時などは、気を付けなければいけませんが」

毎晩、従僕が薬を塗《ぬ》って包帯を替《か》えてくれる。もう痛みもほとんどなく、めくれた皮膚《ひふ》もくっついて、かさぶたができかけていた。

「そうか。匂《にお》いももう消えているしな。しかし気持ちの方はまだ、混乱しているだろう。生まれてからずっとベータだと思っていたのに、いきなりオメガだと言われたのだからな」

その言葉に瑞春はいたたまれず、小さな声で「申し訳ありません」とつぶやいた。

「お前が謝ることではない。道津老人が、お前は特殊《とくしゅ》なオメガなのだと言っていた。決まったアルファにのみ、反応するのだとな。その見立ても含《ふく》めて、皇帝陛下に申し上げたのだ」

瑞春は首をすくめる。その特定の相手が、皇帝陛下かもしれないのだ。

「その上で、陛下が決定を下した。雪瑞春、お前はベータだ」

「え」

ぽかんとする瑞春に、淑英はここに来て初めて、目元を優《やさ》しく和《なご》ませた。

「お前は、オメガに似た特殊な体質を持つベータだ。皇帝陛下がそう仰《おっしゃ》った。お前は陛下の言葉が間違《まちが》っているとでも？」

「い、いいえ。でも」

たった今、淑英も瑞春がオメガだと言ったではないか。事実を歪《ゆが》めている。オロオロする瑞春とは反対に、淑英は真面目《まじめ》な表情を解いて、ニヤリと人の悪そうな笑《え》みに変えた。

「なんだ、処罰されるとでも思っていたか？　正直な話、落としどころをどうするか、陛下とさんざん悩《なや》んだんだ。ただでさえお前は、史上初と言われるベータの『状元』だからな。おまけに陛下から特に優秀《ゆうしゅう》さを買われ、『香斎侍従』の侍従長に抜擢《ばってき》された。そんな優秀な男が、ベータであるだけでも何かと噂の種になるのに、オメガだとわかったらどうだ。国中が騒動《そうどう》になるぞ」

アルファを頂点とする第二性の優劣《ゆうれつ》の認識《にんしき》を、改める者と反発する者とが出てくるだろう。科挙や進士に対して疑問を持つ民衆も増えるかもしれない。そうでなくても、物見高い人々の間で恰好《かっこう》のネタにされることは間違いない。

それは瑞春も不安に思っていたところで、だからこそ一族皆《みな》処刑……というような妄想が暴走したのだった。

「宮中はそれこそ、お前の科挙試験の結果を無効にするかどうかで大《おお》揉《も》めに揉める。陛下がお前を重用していることで、陛下に責任を負わせようとする動きもあるかもしれない」

「そんな」

自分のせいで、陛下が窮地《きゅうち》に立たされるなんて。淑英は「だからだ」と、青ざめる瑞春をなだめるように言った。

「お前はベータ。ベータの『状元』で、『香林書房』の侍従長だ。いつか……いつになるかわからんが、機が熟してお前が望むなら公《おおやけ》にするかもしれんが、それまではお前はベータだ」

「では……ではこれからも、書房で働かせていただけるのですか」

「当然だろう。計画は始まったばかりだし、お前ほど優秀な人手を手放すわけにはいかないからな。だいたい第二性がオメガだったというだけで、お前自身は、今までと何も変わっていないだろう」

今までと何も変わっていない。それは、オメガだと知って不安でたまらなかった瑞春にとって、救いのような言葉だった。

「あ、ありがとうございます」

涙《なみだ》がこぼれそうになって、瑞春はうつむいてぎゅっと目をつぶった。

「自分がこれからどうなるのか、ずっと心配で……」

さらりと髪《かみ》に何かが触《ふ》れた。淑英の手だと気づいた時、瑞春は彼の腕《うで》に抱《だ》き締《し》められていた。

「ああ。不安だし、怖《こわ》い思いをしただろう。助けるのが遅《おそ》くなってすまない。それに、発情を治めるためとはいえ、お前に無体なことをした」

その言葉に、意識の外に追いやっていた記憶《きおく》が蘇《よみがえ》った。かあっと顔が熱くなる。

「いいえ、おかげで伯雲殿《どの》に襲《おそ》われなくて済みましたし……無体など。私の方こそ、申し訳ありません」

淑英は発情の熱にあてられて辛《つら》い思いをしながらも、瑞春を助けてくれた。無体などとんでもない。自分こそ、彼に手淫《しゅいん》やら口淫やらをさせてしまった。

「なぜ謝る？　お前が謝る必要はない。ほら、そんな顔をするな」

瑞春の頬《ほお》を、淑英の指先が掠めるように撫《な》でた。顔を上げると、淑英が優しく微笑《ほほえ》んでいる。発情は治まったのに、その顔を見ると胸がドキドキしてしまう。心臓に悪いから、あまり優しくしないでほしい。

「そうだ、お前にこれを渡《わた》そうと思っていたのだ」

瑞春が密《ひそ》かに葛藤《かっとう》していると、淑英は思い出したように言って服の袂《たもと》を探《さぐ》った。瑞春の前に差し出したのは、銀細工の装身具だ。

「これは……？」

「オメガの首輪だ。思流に習わなかったか？　番《つがい》を持たないオメガは、うなじを守るために、首輪を着けておくものだ」

確かに思流から、そのように教わったことはある。先日の瑞春のように、突発的《とっぱつ》に発情期を迎《むか》えた場合、そばにいるアルファを巻き込んでしまうことがある。望まぬ形で番の契約《けいやく》をしてしまうこともあり、そうなると一人しか番を持てないオメガは大いに困ってしまう。

そうした事故を防ぐために、うなじを保護する首輪を着けることが多いのだそうだ。いわゆる貞操帯《ていそうたい》といったところか。

番のいるオメガが、噛《か》み痕《あと》を隠《かく》すために首輪を用いる場合もあるが、いずれにせよ、オメガの首輪はうなじの部分を覆《おお》う独特の形をしている。

「香林書房」のオメガたちも何人かこうした首輪をしていた。この宮の妃《きさき》たちは誰《だれ》も首輪をしていないが、宮には淑英以外にアルファがおらず、宮にいる限りは安全だからだろう。

「お前はまだ持っていないだろう。書房に帰る時は首輪を着けていけ。ただし、内宮の外に出る際には、襟巻《えりま》きか何かで首輪が見えないように気を付けろよ」

ベータのはずの瑞春が、オメガの首輪を着けていたら、宮中でいらぬ噂《うわさ》になってしまう。淑英の言うことはわかった。気遣《きづか》いも嬉《うれ》しいが、それでも首輪に手を伸ばすのがためらわれた。

「どうした？」

「いえ、その……。私にはいささか立派すぎるような」

色鮮《いろあざ》やかな絹糸を複雑に編み上げた組紐《くみひも》に、喉元《のどもと》を飾《かざ》る緑色の大きな貴石が付いている。うなじを守るのは繊細《せんさい》な彫銀細《ちょうぎんざい》工だ。よく見ると、小さく虎《とら》が彫《ほ》ってあった。

虎は英国において聖獣《せいじゅう》の一つとされている。龍《りゅう》が皇帝の象徴《しょうちょう》、鳳凰《ほうおう》は皇后とされ、皇帝皇后以外が勝手にこの意匠《いしょう》を使用することは許されない。

　虎は特に皇族と結び付けられていなかったのだが、今上《きんじょう》陛下が即位《そくい》した際、皇弟《こうてい》の淑英に虎の意匠を与《あた》えたと言われている。

　つまり、これは淑英の持ち物だということだ。

「ああ、これは宮を出た妃が置いていったものでな。お古というやつだ」

「お古」

　それを聞いて、ちょっとがっかりしたような、安心したような複雑な気持ちになった。

　しかし、考えてみれば淑英が瑞春のためだけに、こんな高価で立派な首輪を用意するはずがない。

「そう。他人のお古で悪いが、他《ほか》に誰も使う者がいないのだ。なまじ虎の意匠が付いていて売れないから、銀を潰《つぶ》して売るしかない」

　こんな見事な銀細工を潰すなんて、もったいない。といって、宮に置いておいても誰にも使われず、物置に放置されるだけだという。

「で、では。お借りします」

　おずおずと手に取る。首輪が瑞春の手に渡ると、淑英はいたずらが上手《うま》くいったというように、ニヤッと笑った。

「返す必要はないぞ。それはもうお前のものだ」

「え、でも」

るようだ。

「こっちを向け。着けてやる」

淑英は言って、瑞春の手から首輪を奪《うば》った。瑞春が戸惑《とまど》ってオロオロするのを、楽しんでいるようだ。

「うん、長さもぴったりだな。それに、お前に良く似合っている」

手ずから首輪を着けて、淑英は満足そうに言う。瑞春も手鏡で確認したが、紐《ひも》の長さは誂《あつら》えたようにぴったりで、緑の貴石は瑞春の色白の肌《はだ》に良く映《は》えた。

「ありがとうございます。大切にします」

淑英にしてみれば、単なる厚意《こうい》なのだろう。瑞春が突然《とつぜん》オメガだとわかって戸惑っていて、ちょうど前のお妃が使っていた不用品があったから、気前よく与えてくれただけだ。

でも、それでも嬉しい。淑英がくれたものだ。ずっと大事にしよう。

そう思って喜びを噛みしめていたのに、次に淑英からもたらされた言葉によって、膨《ふく》らんでいた気持ちがしゅん、と萎《しぼ》んでしまった。

「次に、お前の運命の番が誰か、ということだが」

相手を見ると、少し困ったような顔があった。

「伯雲の話によると、彼が運命の番だということだが……」

「そ、それはっ」

嫌《いや》だし、違うと思う。瑞春の運命の相手は恐らく皇帝陛下《こうていへいか》だ。だがそれは、誰にも言えない。

一瞬《いっしゅん》、淑英に打ち明けようか、と考えた。しかし、淑英は皇帝陛下のことを、弟として家臣

として、心から慕《した》っている。皇帝陛下のためになると思えば、瑞春を妃として後宮に上げるかもしれない。

(それは嫌だ)

後宮なんて怖い。皇帝陛下の妃になるのも、あまりに恐《おそ》れ多いことに思える。

そして何より瑞春は、淑英とこうして自由に会えなくなるのが嫌なのだった。誰よりも皇帝陛下を崇拝《すうはい》していたというのに、自分でも不思議だった。

青ざめ身を硬《かた》くする瑞春を見て、淑英はどう思っただろう。

「道津老人は、断定はできないと言っていた。私もそう思う」

彼は言い、固まった瑞春の肩《かた》をポンと優《やさ》しく叩《たた》いた。

「お前の場合、運命の相手が身近にいる場合にのみ、発情するという。だがこの、身近というのがどの程度なのか、具体的には道津老人もわからないそうだ。検証するには材料が足りない。お前もいろいろと考えを巡《めぐ》らせているかもしれないが、今はどんなに推測しても答えは出ない。焦《あせ》らず、ゆっくり探そう」

そうだ。まだ瑞春の推測が正しいとは限らない。淑英の言葉に救われた気がして、コクコクとうなずいた。

従順にうなずく瑞春がおかしかったのか、淑英は苦笑《くしょう》する。それから手を伸《の》ばして、くしゃりと瑞春の髪を撫でた。

「まずは、オメガとしての生活に慣れなくてはな。大変だろうが、今は我が身のことを一番に、自分自身を受け容《い》れることを考えるんだ。私も、できる限りの手助けをする」

「……っ、はいっ。ありがとうございます」

温かな励《はげ》ましに、鼻の奥がツンと痛くなった。

やっぱり、淑英は優しい。自分だけが特別ではないとわかっていても、弱った心に彼の優しさが深く沁《し》みた。


瑞春はそれから二日、淑英の宮に留《とど》まった後、書房《しょぼう》に戻《もど》った。

宮を出る時は、思流をはじめ、お妃たちが見送りに出てくれた。

「本当に何から何まで、御厄介《ごやっかい》になりました」

瑞春は彼らに深々と頭を下げた。官吏《かんり》とはいえ貴族でもない平民の自分に、思流はもちろん、お妃たちも気持ちよく接してくれて、何かと気遣ってくれた。

「何を水臭《みずくさ》い。オメガの性で困り事があったら、いつでも相談に来てください。何もなくても、遊びに来てくださるだけでもいいですよ。ここの宮の人たちはみな、退屈《たいくつ》しているので」

思流が言い、他のお妃たちもそうそう、とうなずいた。

瑞春は何度も礼を言って、淑英の宮を出た。淑英にも礼を言いたかったが、ちょうど皇帝陛下に呼ばれて留守にしていた。今度会ったら、改めて礼を言うつもりだ。

道津老人と、それから書房で働く宦官《かんがん》が迎えに来てくれたので心強い。一人だったら、なかなか書房に帰る勇気が出なかったかもしれない。

「先生にも、お世話をおかけしました」

「いやいや。私は何も。しかし、瑞春殿《どの》はこれから大変ですぞ」

言われてギクリとした。そう、自分はこれから、オメガとして生きねばならない。

書房の人たちは、帰ってきた瑞春を見てどんな顔をするだろう。同情か、侮蔑《ぶべつ》か。オメガのくせにベータとして生きてきたことに、反発を覚える侍従《じじゅう》もいるかもしれない。

どんな視線や態度にも耐《た》えられるよう、覚悟《かくご》しておかねば。自分を勇気づけるために、淑英からもらった首輪の飾りを強く手の中に握《にぎ》りこんだ。

「はい。オメガの私を受け容れてもらえるよう、努力するつもりです」

決意を口にしたのだが、道津老人はそこで、「え?」と驚《おどろ》いた声を上げた。

「あ、いや。その点は、さほど心配することはないと思いますが」

では何が大変なのだろう。瑞春は怪訝《けげん》に思ったが、

「あなたが不在の間、子浩殿や一部の人たちが、何とか侍従長の代わりをしようとしてくれていたのですがね。いやはや」

なんだかはっきりしないし、余計に気になる。ドキドキしながら書房に戻ったが、六日ぶりの「香林書房」は外観から見る限り、何も変わったところはなかった。

時刻は正午を少し回った頃《ころ》だ。夜型の侍従たちもそろそろ起きてくる頃だし、早起きの者は

一仕事終えて食事でもしている時分だ。

住居棟《とう》へ行くには、食堂などがある共有部を通らねばならず、この時間、誰《だれ》にも会わずに自分の部屋へ戻るのは無理だった。

「瑞春殿。そう硬くなることはありませんよ」

道津老人に励まされ、瑞春は意を決して建物の中に入った。途端《とたん》、廊下《ろうか》を歩いていた侍従の一人にばったり出くわす。

「あっ、侍従長！」

それがあまりに大きな声だったので、近くにいた者たちが聞きつけ、わらわら集まってきた。

「本当だ、侍従長だ」

「侍従長！」

みんな遠巻きに見るでもなく、侮蔑の視線を向けるわけでもなく、むしろ待ち人を迎《むか》えるかのように集まってくる。瑞春はびっくりした。

「あの……突然お休みして申し訳ありませんでした」

ひとまず頭を下げると、侍従の一人が「侍従長、オメガだったんですってね」と、ズバッと切り込んできた。少しも言葉を選んだりしない。瑞春はギクリとして、思わず身を縮める。

「もう発情期は大丈夫《だいじょうぶ》なのですか？」

「え、ええ。もうすっかり」

「なら、今日からまた、ここで働けるということですね。みんな、侍従長のお帰りを待っていたんですよ」

予想だにしない言葉に、瑞春は顔を上げた。侍従たちはまっすぐに、瑞春を見ていた。そこに侮蔑や敵意は見当たらない。

道津老人を振《ふ》り返ると、彼はにっこり笑ってうなずいた。瑞春もうなずくと、大きく息を吸い、彼らに向き直った。

「皆《みな》さんもう、お聞き及《およ》びのことと思いますが、私はベータだと思っていたのですが、実はオメガだったのです。知らぬこととはいえ、皆さんを騙《だま》す形になって申し訳ありません。ですが、ベータだった頃と変わりなく、誠心誠意努めてまいりますので、今後ともどうぞ、よろしくお願いします」

ぺこりと頭を下げると、「おおー」と軽い感嘆《かんたん》や拍手《はくしゅ》が上がった。

「性別のことは驚きましたけど、気にしないでください。俺たちも気にしてませんし」

誰《だれ》かが言うと、周りも「そうだよな」と賛同した。

「オメガだろうが、ベータだろうが、関係ありません。侍従長は侍従長です」

彼らの言葉に胸が熱くなった。

「み、皆さん……っ」

ここの連中は皆、ただの専門馬鹿《ばか》だと思っていたが、本当は偏見《へんけん》や慣習に囚《とら》われない、自由な発想を持った人たちだったのだ。

「皆さん、ありが……」

「そんなことより、ちょっと聞いてもらっていいですか？　俺、執務室《しつむ》を南側に変えてもらいたいと思ってて」

「え？」

涙《なみだ》ぐんだ目が、思わず点になった。しかし一人が言うと、他《ほか》の者も一斉《いっせい》に、要望やら愚痴《ぐち》やらを捲《ま》し立てる。

「私、息抜《いきぬ》きに花街に行きたいんですけど、お給料の前借りってできませんかね。馴染《なじ》みの女が早く来いってうるさくて」

「書庫にあるお気に入りの本、私以外の誰にも触《さわ》ってほしくないんですけど、どうすればいいですか」

「夜、隣《となり》の部屋の奴《やつ》が歌を歌うんですよ。うるさいんで、何とかしてください」

瑞春は、思わず道津老人を振り返る。彼は目をそらし、どこか遠くを見つめていた。

「いやあ、侍従長が帰ってきてくれてよかったですよ。子浩殿なんて、『あとで聞いておきます』とか『持ち帰って検討します』って言うばかりで、何も解決してくれないし。伯雲殿は、『俺が知るか』なんて威張《いば》ってて」

「ほんと、雑用をしてくれる人がいないと、仕事もはかどらなくて困ってたんですよ」

「雑用……」

熱くなっていた胸の奥が、すん、と鎮《しず》まる。

（そうだった、こういう人たちだった）

興味があるのは自分と自分の専門分野だけ、協調性も社会性もない人たちだった。感動して損した。

「――皆さん」

にっこりと、冷たい微笑《びしょう》を張り付けて声を上げる。侍従たちは不穏《ふおん》な気配を感じ取り、ピタリと騒《さわ》ぐのをやめた。

「そう、ベータでもオメガでも、私は侍従長。ご理解ありがとうございます」

にいっと目の前の一人にことさら微笑みかける。相手は「こわっ」と声を上げて後退《あとじさ》った。

「私は侍従長。つまり、あなた方の上司です。雑用係ではない」

そこで笑《え》みを消し、ぐるりと侍従たちを睥睨《へいげい》する。「やべえ」「怒《おこ》った？」と囁《ささや》き合う彼らを睨《にら》みつけた。

「あなた方が能力を発揮できるよう、できる限り環境《かんきょう》を整えるつもりです。がしかし、ここは国の政策や指針を考える場であって、あなた方に贅沢《ぜいたく》をさせもてなす場所ではない。あなた方の才能が国にもたらす利益が、投資した費用よりも少ないなら、あなた方はただの金食い虫、我がままばかり言って何の役にも立たないクソ以下、肥料にもならないゴミクズです」

「クソ以下……」

「ゴ、ゴミ……」

「専門分野以外はまるで頭に入らない、脳みそスカスカな皆さんのために、もう一度言いますね。私は侍従長、あなた方の上司です。あなた方の評価をする者だということをお忘れなく。

皆さんから寄せられたご要望、ご不満は、すべて一言一句漏《も》らさず、記憶《きおく》しておりますよ。かけた手間と費用もね。二年後の任期満了時にゴミクズ認定《にんてい》されないよう、我がままはほどほどに、これからもどうかお仕事に励《はげ》んでください」

最後にもう一度にっこり微笑むと、凍《こお》り付いた侍従たちに背を向けた。道津老人には礼を言い、住居棟へ向かう。

途中《とちゅう》で、何人かに呼び止められた。すべてが例によって、ろくでもない用件だった。相変わらずの連中だなと呆《あき》れる一方で、彼らの反応がちょっと嬉《うれ》しかった。良くも悪くも、他人に無関心で自由な人たちなのだ。非常に不本意だが、いつもと変わらない彼らに感謝した。

ただ、性別など関係ないと言ってくれる人ばかりではないかもしれない。伯雲の顔が頭を過《よぎ》り、不安が頭をもたげる。罵《ののし》られようとも、彼にはきちんと謝罪しておくべきだろう。

執務棟へ行くべきか、迷いつつ歩いているうちに自分の部屋の前にいた。中に入ろうとした時、隣の部屋からアダムがひょっこり顔を出した。

「侍従長。戻《もど》ってこられたんですね。よかった」

そう言った彼の態度も変わらなくて、ホッとする。

「アダムさんにもご迷惑《めいわく》をおかけしました。例の件も、宙ぶらりんになってしまってすみません」

兵部《ひょうぶ》の汚職《おしょく》について、淑英には報告していたが、瑞春の発情の混乱でそのままになっていた。瑞春が頭を下げると、アダムは「その件なんですが」と声を潜《ひそ》めた。

「戻ってすぐにすみません。ちょっと今、お時間をいただけますか」

アダムの真面目《まじめ》な様子に、瑞春は即座《そくざ》にうなずく。何か、汚職の調査に進展があったのかもしれない。

アダムの部屋で話すことになり、中に入ると、書類や書き付けの紙があちこちに散らばっていた。瑞春の部屋と間取りは同じだが、こちらのほうが物がたくさんあって、ゴチャゴチャしている。窓際《まどぎわ》に円卓《えんたく》が置かれていて、席を勧《すす》められた。

「いきなり留守にしてしまって、申し訳ありませんでした」

向かいに座ったアダムに、まず謝った。アダムは鷹揚《おうよう》にかぶりを振る。

「侍従《じじゅう》長の第二性のことは私も聞いています。もうお身体《からだ》は大丈夫なのですか」

彼の表情には侮蔑《ぶべつ》の色はなく、純粋《じゅんすい》に身体を気遣《きづか》ってくれているのだとわかる。

「はい。まだ少し戸惑《とまど》ってはいますが。淑英様をはじめ、周りの方々が良くしてくださったので、すっかり体調は戻りました。それに書房《しょぼう》の皆さんも変わらず接してくださるので、ありがたいです」

アダムさんもありがとうございます、と改めて礼を言うと、彼は照れたように「いえいえ」と頭を掻《か》いた。

「淑英様は、侍従長のことをずいぶん気にかけておいでしたよ。侍従長がご不在の理由を、時間をかけて丁寧《ていねい》に我々《われわれ》に説明していました。それから書房の仕事が滞《とどこお》らないようにと、子浩殿《どの》をはじめお役所経験のある方々にまとめ役を命じて、自分も監督《かんとく》のためにたびたび顔を出してくださっていました」

書房に顔を出した際には、瑞春を悪く言う者はないか、気にかけていたようだという。

「私が殿下と二人でお話した時も、侍従長は愛想《あいそ》はないが悪い男ではないと言われました。彼だけは何があっても信用できるからと。皇弟殿下《こうていでんか》にそこまで信頼《しんらい》されるなんて、侍従長はすごいですね」

「い、いえ……」

無邪気《むじゃき》に褒《ほ》められて、照れてしまった。淑英が、瑞春の不在の間にそんなにも心を砕《くだ》いてくれていたなんて、知らなかった。彼は何も言わなかった。

淑英がアダムに言った言葉も嬉しかった。彼は瑞春を、そこまで気にかけて信用してくれているのだ。上司としての部下の評価に過ぎないにしても、すごく嬉しい。不安も恐《おそ》れも、たちまち吹《ふ》き飛んでいく。

「兵部の件も、淑英様に呼ばれ、改めて調査の命を受けました。最優先で調査すること、そしてこの件は、私と淑英様、それに侍従長の三人だけの秘密にしておくようにと」

瑞春も表情を引き締《し》めてうなずいた。

「大変な任務ですが、どうかよろしくお願いします。私もできる限り協力します」

「もちろん、全力で頑張《がんば》ります」

アダムが食い気味に応じるので、ちょっと驚《おどろ》く。

「何としても、何がなんでも突《つ》き止めてみせます。汚職なんて許せない」

「おお」

意外と熱い人なのか。そう思ったが、違《ちが》った。

「もし、汚職の証拠《しょうこ》を探し出せたら。そのあかつきには、ここで猫《ねこ》を飼っていいって、淑英殿下が約束してくださったんです！」

「………そうですか」

我知らず、無表情になってしまった。やっぱりアダムはアダムだった。他の侍従たちと変わらない。

瑞春が表情を消したせいか、アダムも「あ」と我に返ったように笑顔を消す。それからしょんぼりと肩《かた》を落とした。

「あの、それで……すみません」

「どうしたのですか」

そんなに謝らなくてもいいけど、と訝《いぶか》しむ瑞春の前で、アダムは「申し訳ありません」と円卓に突っ伏《ぶ》すように頭を下げた。

「三人だけの秘密って言われたのに、漏らしてしまいました」

「ええっ」

早い。いくらなんでも早すぎる。どういうことかとわけを尋《たず》ねると、アダムはオドオドしながら「実は……」と口を開いた。

アダムは瑞春に汚職のことを報告したものの、それだけでは気が済まなかった。

汚職がどうこうという、倫理《りんり》的なことではない。年次報告書にあった数字のつじつまの合わなさが、どうにも気持ち悪くて仕方がなかったというのだ。

「すごく感覚的な話なんです。数字を見るとこう、モヤモヤッとして、もっと調べたい、調べないと気が済まないという気持ちになるんです。一度気になりはじめると、もうそのことしか考えられないというか」

もっと詳《くわ》しく調べたい。放っておくとモヤモヤする。

「それはまあ、私も一つのことが気になりだすと、そのことばっかり考えちゃいますけど」

「ですよね。だから私、もっと詳しい資料が欲しくて。どうしても欲しくて」

瑞春に相談しようと思ったが、朝から淑英の宮に行ったきり、何時になっても戻ってこない。

ソワソワしているうちに、ベータのはずの瑞春が発情し、伯雲が巻き込まれたらしいという話を食堂で耳にした。

どうやら瑞春には、しばらく相談できないらしい。となると、資料が手に入るのは当分先になるだろう。

手に入らないとなると余計に気になって、その日は眠《ねむ》れなかった。このまま待つだけなんて耐《た》えられない。

そこで思い出したのが、伯雲である。彼が元兵部の官吏《かんり》であることは、アダムも知っていた。

伯雲が、ことあるごとに自慢《じまん》していたからである。

ところが、伯雲も瑞春の発情に巻き込まれて、内宮の医局に泊《と》まっていた。翌朝には帰ってきたが、しょんぼりしていてすぐに自室に引っ込んでしまった。

それでもアダムは諦《あきら》めきれない。他人の事情より、自分の欲望《よくぼう》に忠実なのは「香斎侍従」たちに共通する性質なのだろうか。

「それで。どうされたんです」

瑞春の目が冷ややかになったのがわかったのか、アダムは怯《おび》えたように首をすくめた。

「伯雲殿と仲のいい、子浩殿に相談したんです。彼は物腰《ものごし》が柔《やわ》らかで喋《しゃべ》りやすいですし」

兵部の内部資料が欲しいのだが、伯雲に手に入れるように伝えてくれないか、と持ち掛《か》けたのだという。

内部資料と聞いて、子浩は驚いた様子だったが、いちおう伝えてくれると約束した。

「ところがその後、淑英殿下がいらして。この件は決して、自分と瑞春殿以外には他言してはならぬと仰《おっしゃ》ったのです」

汚職の証拠が摑《つか》めたら、褒美《ほうび》に猫を飼っていいと言われたが、他言すれば最悪、お前の命が危《あや》ういぞと脅《おど》されて震《ふる》え上がった。

すでに他言してしまったと打ち明ける勇気がなく、今日まで来てしまったというのだ。

「黙《だま》っていて申し訳ありません」

淑英に直接打ち明けるのは怖《こわ》かったのだろう。それで、瑞春が帰ってくるのを待っていたというわけだ。瑞春は思わずため息をついた。

「お気になさらず、とは言えませんが。これは、アダムさんのせいだけではないですね」

アダムの行動は迂闊《うかつ》だが、瑞春があの場で発情などせず、無事に書房に戻《もど》っていれば、アダムの相談にも乗れたのだ。

「人に言ってしまったものは仕方がありません。他言無用と言われる前でしたしね。このことを知っているのは子浩殿と……それから、伯雲殿ですか。何のために資料を必要としているか、聞かれませんでしたか」

「ええ。さすがに私も、汚職《おしょく》の件は告げずに、各部署の予算統計を作りたいのだと、誤魔化《ごまか》しました。納得《なっとく》してもらったのかはわかりませんが。でも、資料は手に入れてくださったので、子浩殿は伯雲殿にうまく伝えてくれたようです」

「えっ、資料が手に入ったのですか？」

兵部《ひょうぶ》に限らず、各部の会計資料は重要書類のはずだ。いくら「香斎侍従」が皇帝《こうてい》陛下の直轄《ちょっかつ》とはいえ、官吏が部外の人間にすんなり内部資料を渡《わた》したのは驚きだった。

伯雲が上手《うま》く口をきいてくれたのだろうか。

「私の方から、子浩殿と伯雲殿に入手した経緯《けいい》を聞いてみましょう。それと私が発情期で不在の間、何かあればあなたから淑英様に直接取り次いでもらえるよう、話をしておきます。でも、これからはよくよく気をつけてくださいね。宮中は怖いところです。下手をすれば消されてしまいますよ」

死んだら猫を飼うこともできないでしょう、と言うと、アダムは震えていた。

「はい。もう決して他言しません。モフモフを達成しないうちは、死んでも死にたくない」

本当にわかってるのかな、と一抹《いちまつ》の不安を覚えるが、これ以上はどうにもできない。頼《たの》みましたよ、と念押しをして、アダムの部屋を出た。

そのまま自分の部屋で一休みしたかったが、住居棟《とう》を出て食堂へ向かう。子浩と伯雲に兵部の資料のことを聞かなければならないし、場合によっては口止めが必要だ。それとは別に伯雲には、謝罪もしなければならない。

伯雲に会うのは気が重く、考えると胃がキリキリした。しかしどれも、後回しにできないことばかりだ。

食堂に二人の姿はなかったので、そのまま執務《しつむ》棟《とう》へ進んだ。二人とも官吏の出身らしい、規則正しい生活をしている。この時間、食事を終えたら確実に執務室で仕事をしているはずだ。

どちらの部屋から先に訪ねようか迷っていると、伯雲の部屋の扉《とびら》が開いた。しかし、出てきたのは子浩である。

瑞春がすぐ目の前にいるのを見て、子浩は驚いた顔をした。

「侍従《じじゅう》長。お戻りになったんですね」

「はい。あの、このたびは本当にご迷惑《めいわく》をおかけしました」

深々と頭を下げると、子浩が驚いた声を上げた。

「ええっ、迷惑?」

「私のかわりに、皆《みな》さんの取りまとめをしていただいていたとか。本当にご迷惑をおかけしました。あと、私がオメガだったことも。混乱させてしまい、申し訳ありません」

「いえ、私はちょこっと皆さんの話を聞いただけで、特に何もしていませんよ。それに、第二性のことは侍従長も知らなかったんですから、仕方がないでしょう。いえ、淑英殿下《でんか》の話によれば、侍従長はオメガみたいな性質を持つベータなんでしたね。だから別に、混乱なんてしていませんよ」

ね、と微笑《ほほえ》まれて、ちょっと感動してしまった。彼はアルファなのに、瑞春に対して偏見《へんけん》を持っていない。淑英の言った建て前を持ち出す余裕《よゆう》もある。

やっぱりこの人は、まともな人だ。「香林書房」には稀有《けう》な、本物の常識人である。

「ありがとうございます」

自分以外にもまともな人間がいた。目を潤《うる》ませて礼を言うと、子浩は少し困ったように苦笑《くしょう》する。それからちらりと、背後の部屋を振《ふ》り返った。

「伯雲に会いに来られたのでしょう？　声をかけてやってください。彼、侍従長がお留守の間ずっと、悶々《もんもん》としていたので」

子浩がいたずらっぽく言った時、彼の背後から、ゆらりと男が顔を出した。

「子浩、お前。人の部屋の前で、勝手なことをペラペラと」

伯雲だった。不機嫌《ふきげん》そうな声に、瑞春は思わず身を硬《かた》くする。しかし子浩は穏《おだ》やかに笑いながら、身を傾《かたむ》けて伯雲に道を譲《ゆず》る仕草をした。瑞春と伯雲は、少し距離《きょり》はあるが向かい合う恰好になる。

「本当のことだろう。ほら、侍従長殿《どの》に言うことがあるんじゃないのかい」

最初に会った時は、子浩が年下の伯雲の後を付いて回っているように見えたが、今はすっかり打ち解けているようだ。兄が弟を諭《さと》すような口ぶりだった。

しかし伯雲は、子浩を睨《にら》んだまま瑞春を振り向きもせず、何も言わない。瑞春も謝らなくてはと思うのに、緊張《きんちょう》して言葉が出なかった。

「伯雲。君、ずっと落ち込んでただろう。昨日だって、酒に酔《よ》って言ってたじゃないか。侍従長が帰ってきたら謝り……」

「わーっ、言うなっ！」

伯雲がいきなり大声を出して子浩の言葉を遮《さえぎ》ったので、瑞春はびっくりした。子供みたいだ。

伯雲はちらりと瑞春を見て、それからまたプイッとそっぽを向いた。怒《おこ》っているというより、落ち着かなくてソワソワしているようだった。

そんな相手の様子に、瑞春も肩《かた》の力が抜《ぬ》けた。自分のすべきことを思い出し、頭を下げる。

「伯雲殿。このたびは本当にご迷惑をおかけしました。自分自身でも知らなかったこととはいえ、伯雲殿を巻き込んでしまって、本当に申し訳ありません」

こちらが頭を下げている間、伯雲からは「え、いやっ」と戸惑《とまど》った声が聞こえた。瑞春が彼に対してここまで素直《すなお》な態度を取ったことはなかったから、驚《おどろ》いているのだろう。

「まあその、なんだ。圧倒《あっとう》的に悪いのはお前だが、俺も……ちょっとは悪かった。怪我《けが》の具合は大丈夫《だいじょうぶ》か」

　どうしても素直になれないようだが、それでも伯雲が謝ったのは意外だった。オメガが悪いと決めつけると思っていたのに。

「はい、もうすっかり。次の発情期には万全《ばんぜん》の準備をして、もうアルファの方にご迷惑をおかけしないようにしますので、ご安心ください」

　思流からは、発情期の兆候と対応について、叩《たた》きこまれた。今回は予期せぬ発情だったが、次はちゃんと心構えをしておく。もうアルファを巻き込みたくない。

　瑞春が言うと、伯雲はなぜか顔を赤らめてソワソワした。

「あ、うん。俺とお前は運命の番《つがい》かもしれんからな。お前はその、俺にだけ反応するんだろう？」

　伯雲は道津老人の話を聞いて、自分が瑞春の相手だと思い込んでいるのだ。

「いえ、私が誰《だれ》に反応しているのかは、まだわからないのです。この書房の誰かかもしれませんし、淑英様という可能性も」

　本当は皇帝陛下かもしれないのだが、これは口にするのも恐《おそ》ろしい。だが伯雲は、淑英の名前を聞いた途端《とたん》、ソワソワした態度を一変させた。

「淑英様が相手だと？　お前、図々《ずうずう》しいぞ」

「まあ、まだわからないんだから」

　面倒臭《めんどうくさ》い方向に話が行きかけたところで、子浩が助け舟《ぶね》を出してくれた。

瑞春も運命の番の話を避《さ》けるべく、もう一つの話題に切り替《か》えることにした。

「ところで先ほど、アダムさんから伺《うかが》いました。兵部の資料をもらってきてくださったとか。よく手に入りましたね」

急に話を変えられて、伯雲は一瞬《いっしゅん》、キョトンとしていたが、すぐに「ああ。あの話な」と思い出したようだった。

「子浩から話を聞いて、俺が一肌脱《ひとはだぬ》いでやったのだ。淑英様にも、俺が活躍《かつやく》したと報告しておいてくれよ」

恩着せがましい。しかし、伯雲がいつもの調子に戻ったのでこちらも安心した。にっこり笑って礼を言う。

「おかげで助かりました。これほど迅速《じんそく》に資料をいただけるとは思いませんでした」

「ふふん。まあ、俺の手にかかれば、これくらいはな」

それとなく、入手した経緯を聞きたかったのだが、伯雲はふんぞり返るばかりだ。よくこれで内部資料が手に入ったなと不思議に思う。

しかしこれ以上、踏み込んだ質問をして、逆に何に使うのかと聞かれるのも困る。もう一度、二人に礼を言い、その場を辞した。

住居棟に戻る前に、自分の執務室に寄る。六日も休んだせいで、書斎机《しょさいつくえ》には書類の束がうずたかく積まれていた。

それを見て、ちょっとため息をつく。でも、嫌《いや》な気分ではなかった。むしろ嬉《うれ》しい。

まだ自分でも、自分がオメガであることを受け入れられない。戸惑っていたが、ここの侍従たちの多くは、良くも悪くも瑞春に無関心だ。

道津老人や子浩、それにアダムも、瑞春のありのままを受け入れようとしてくれている。伯雲だって、発情に巻き込んで迷惑をかけたのに、恨《うら》むことも軽蔑《けいべつ》することもせず、逆に乱暴をしてしまったと謝ってくれた。

「香林書房」に来られて良かったと、今、心から思う。ここはいいところだ。オメガの自分でも差別されることなく、瑞春の能力だけを評価してもらえる。

（仕事をしよう）

住居棟に戻《もど》るのはやめて、仕事をすることにした。

仕事をしてきちんと結果を出せば、この先もずっとここに、淑英のそばにいられる。

淑英のことを考えると、胸の奥が切なくなる。瑞春の運命の番が皇帝《こうてい》陛下かもしれず、淑英にはずっと探している人物が別にいる。

瑞春がどんなに頑張《がんば》ってもこの想《おも》いが成就《じょうじゅ》することはないだろうが、上司と部下としてなら、努力すればした分だけ、一緒《いっしょ》にいられるのだ。

自分の居場所を確保するため、それから淑英のそばにいるために、これからも頑張ろう。

目標を定めたら、気持ちが落ち着いた。そう、オメガになっても、自分の本質は何も変わらない。自分は自分だ。

それから日が暮れるまで、瑞春は目の前の書類を片付けるのに集中した。

その夜、住居棟《とう》に戻るとまた、アダムに呼ばれた。

「兵部《ひょうぶ》からもらった資料、数字がおかしいんですよね」

「おかしいとは？」

瑞春が散らかった部屋の中に入ると、アダムは資料の束を円卓《えんたく》に並べた。

「年次報告の数字を考えると、つじつまが合わない項目《こうもく》があるんです。いや、表面上は合ってるんですけど、毎年の年次報告の数字を積み上げた時に、数字が低すぎたり高すぎたりする」

アダムはその根拠《こんきょ》を細かく説明してくれたが、今回は数学や会計の専門知識があまりに高度すぎて、瑞春は途中《とちゅう》からついていけなくなった。

「とにかく、兵部の内部資料には改ざんの跡《あと》が見受けられる、ということですね？」

「恐らくそう言うことだと思います。すごく数字がモヤモヤする。気持ちが悪い資料です。この数字とか、めちゃくちゃ直したい」

アダムの表現は独特だが、改ざんされているせいで、数字に齟齬《そご》が出ているということだろう。それも、ぱっと見ただけではわからないように隠《かく》してある。

「写しを渡《わた》す時に、書き換《か》えたんでしょうか」

「いえ、たぶんこれ、原本から改ざんしてますよ。今回もらったのは一年分の資料ですが、一年の数字を変えただけでは、こうはならない。もう何年も誤魔化《ごまか》してるんでしょうね。結構、大掛《おおが》かりだと思いますよ。少なくとも、下っ端《ぱ》や中堅《ちゅうけん》だけで誤魔化せるものじゃない」

それでは、どんなに小さく見積もっても兵部の部署ぐるみ、悪くするともっと上が関《かか》わっている可能性があるということだ。最初にある程度予想していたとはいえ、いよいよ大事になってきて、瑞春は思わず頭を抱《かか》えた。

「まずは、淑英殿下《でんか》に相談しましょう。組織ぐるみだというなら、ますます慎重《しんちょう》に動かなければ。アダムさんも気をつけてください。迂闊《うかつ》なことをすると、本当に消されてしまいますよ」

瑞春が強く言うと、アダムは青ざめていた。同じ「香斎侍従」たちにも漏《も》らさないよう、口《くち》酸《ず》っぱく念押しをする。

翌日になるとすぐ、瑞春は淑英に会いに行った。昨日まで居候《いそうろう》をしていたのに、日を置かずに訪ねるのは不思議な気分だが、そうも言っていられない事態なのだ。

淑英は今日は離《はな》れにいて、すぐに会ってくれた。しかし、すぐに出かけなければならないのだそうだ。

執務室《しつむ》ではなく居室に招かれ、淑英はそこで宦官《かんがん》に手伝わせて身支度《みじたく》をしているところだった。

「出かける支度をしながらでいいか？」

「はい。お忙《いそが》しいところ、申し訳ありません。それから昨日まで大変お世話になりました。お礼はまた改めまして」

「そういうのはいいと言っただろう。アダムのことか」

本当に忙しいらしい。しかし、常日頃《つねひごろ》の多忙《たぼう》さとはまた違《ちが》った緊張が、今日の淑英から感じられる。何かあったのだろうか。疑問は胸にしまって、昨夜、アダムから聞いたことを告げると、淑英は腰帯《こしおび》に佩玉《はいぎょく》を下げる手を止めた。

「そうか。やはりな」

大いに予測していた事態だったらしい。彼の表情からは、そう見て取れた。

「しかし、アダムの奴《やつ》。勝手に行動していたのを、私に黙《だま》っていたな」

「その点につきましては、私が発情期で不在だったという、予期せぬ事態もありました。私の責任でもあります」

「予期せぬことなのだから、それこそお前に責はないだろう。とにかく、周囲にはじゅうぶんに警戒《けいかい》しろ。『香斎侍従』たちが内宮の外に出る時には、護衛を連れて行くよう、徹底《てってい》させろ。お前もだぞ。『御手印』を譲《ゆず》ってあげるから、などと言われて誰にでもホイホイついて行くなよ」

「行きませんよ。子供じゃあるまいし」

瑞春は目を吊《つ》り上げた。あれが皇帝陛下本人ではなく、淑英の手形だとわかった今も、部屋に『御手印』を飾《かざ》っていることは秘密だ。

「お前はしっかりしているように見えて、たまにぽやっとしたところがあるから心配だ」

淑英は真面目《まじめ》な顔で失礼なことを言い、瑞春が睨《にら》むのを見て楽しそうに笑った。それから、瑞春の首元を見て、何かに気づいたように軽く目を瞠《みは》る。

「襟巻《えりま》きをしてるんだな。首輪を隠すためか」

「え、はい。やはり私には豪華《ごうか》すぎまして。書房《しょぼう》の人たちに何か言われないか心配で」

せっかくもらったものなのに、隠すような真似《まね》をして悪かっただろうか。ゴニョゴニョ言い訳をすると、淑英はふっと優《やさ》しく笑った。

「それもそうだな。私の思慮《しりょ》が足りなかった。近いうちに、普段《ふだん》使いのものを作ってやろう」

「いいえ、そんな。そこまでしていただくわけには」

今身に着けているものも、お古だというからもらっただけで、淑英にこれ以上、何かしてもらうのは気が咎《とが》める。

瑞春はぶんぶんと首を横に振《ふ》ったが、相手はおかしそうに笑うばかりだ。

「そういえば、林寧寧の発情期はまだ終わらないか」

突然《とつぜん》、淑英の口から寧寧の名前が出たので、どきりとした。

「はい。彼は発情期が長めのようで。終わり次第《しだい》、お知らせします」

寧寧の発情期が終わったら、淑英は彼に会うのだ。寧寧が自分の運命の番《つがい》かどうか、確かめるために。

「林寧寧とは、登用の時に一度だけ会っているのだ。ただ、他《ほか》の侍従《じじゅう》たち同様、才能はあるが個人的に興味を覚えなかった。彼が私の運命の番ならば、これはおかしなことではないか？」

聞かれても、瑞春にはよくわからない。はあ、と生返事をするしかなかった。

「しかし、林寧寧の出自や年齢《ねんれい》は、私がかつて出会った運命の相手と合致《がっち》する。まあ、いくつか彼に質問をすれば、すぐにわかることなのだがな」

またもや、返答に困るようなことを言う。独り言なのか、瑞春に何か言いたいのか。考えたが、やっぱりわからない。

進士に、しかも「状元」になるくらいだから、自分はちょっとばかり賢《かしこ》いのだと自負していたが、実はあまり聡《さと》くないのかもしれない。

困っていると、「瑞春」と淑英に呼ばれた。彼は身支度をすっかり終えていた。楽しげな笑《え》みを消し、真面目な顔で瑞春を見つめる。

「今は様々なことが重なって、私もなかなか身体《からだ》が空かない。落ち着いたら一度、お前と真剣《しんけん》に話がしたいのだ。どこかで時間を作ってくれないか」

「は、はい」

何だろう。何にしても、仕事のことだろうと思った。それ以外に考えられない。改まってする仕事の話とは、何だろう。

緊張《きんちょう》していると、「そう悪い話ではないから、安心しろ」と言われた。

「それより、劉伯雲には気をつけろ。あいつ、先日の件からすっかり、お前の運命の相手のつもりでいるぞ」

からかうような声に、思わず半眼になった。

「知ってます。昨日、会うなりそんなことを言っていました」

顔をしかめながら言うと、淑英はなぜか嬉《うれ》しそうに笑った。

「お前は、伯雲に気があるのではないかと思っていた」

「冗談《じょうだん》でもやめてください。ゾッとする」

本気で身震《みぶる》いすると、相手はクスクス笑った。

「二人は仲が良くないのだったな。お前が不在の間、書房で侍従たちの話を聞いているうちにわかった。彼が一方的に敵愾心《てきがいしん》を燃やしているらしいと」

「まったくもって、仰《おっしゃ》る通りです」

こちらは迷惑《めいわく》していたのだ。さらに今は、面倒《めんどう》な思い違いをしているし。

思い出してぷりぷりしていると、淑英はクスッと笑ってこちらに近づいた。手を上げたかと思うと、瑞春の眉間《みけん》をちょん、と軽くつつく。

瑞春はびっくりして目を見開いた。

「眉間に皺《しわ》が寄ってる。美人が台無しだぞ」

「はっ？　な、何を」

どこか蠱惑《こわく》的にも聞こえる甘い声で言われ、真っ赤になって眉間を押さえた。淑英は笑いながら、「くれぐれも身辺には気をつけろよ」と忠告し、出かけて行った。

主人のいなくなった部屋に残された瑞春は、しばし呆然《ぼうぜん》とする。淑英に触《ふ》れられた眉間が、いつまでもくすぐったかった。

その後、「香林書房」に戻《もど》った瑞春は、溜《た》まっていた書類の処理に追われた。最近は暇《ひま》になってきたと言っても、やはり仕事は毎日出てくる。六日も休んでいると、朝から晩まで頑張《がんば》っても終わらない量にまで膨《ふく》らんでいた。

それでも、うんざりするより楽しい気持ちの方が勝っているから、自分はこの仕事が好きなのだろう。

午前中は黙々《もくもく》と仕事をして、昼時、食堂に行くと、やけにご機嫌《きげん》なアダムを見かけた。彼も相変わらず友達がなく一人なのだが、にこにこして鼻歌まで歌っている。

「ご機嫌ですね、アダムさん」

しかし、瑞春が後ろから声をかけると、ビクッとして固まった。恐《おそ》る恐る、というようにこちらを振り返る。

「あ、じ、侍従長。どうも」

ぎこちない笑顔で挨拶《あいさつ》をした。怪《あや》しい。明らかに挙動不審《ふしん》である。瑞春は「ちょっと」と、アダムを食堂の隅《すみ》まで無理やり引っ張って行った。

「アダムさん。あなたまた何か、勝手なことをしようとしてるんじゃないでしょうね」

「し、してません。侍従長に言えないような、やましいことは決してしません」

それならなぜ、瑞春を見て怯《おび》えた素振《そぶ》りを見せるのか。尋《たず》ねると、「条件反射です」ときっぱり言われた。

「侍従長を見ると、なんか緊張してビクッとしちゃうんです。それだけです。喜んでたのは仕事に関係のない、私生活のことです」

本当ですよ、と必死に言われた。自分の存在は、そんなに人を緊張させるものなのかと、いささか複雑な気持ちになったが、アダムの言葉に嘘《うそ》はないようだ。

「ともかく、行動にはじゅうぶん気をつけてくださいね。今日も淑英殿下《でんか》に言われたんですから。今朝、私が回した回覧板、見ましたか？　外に出る時は護衛を付けてください。ここの従僕の誰《だれ》かに言えば、手配してくれるよう、言ってありますから。勝手に一人で出かけてはだめですからね」

本当に危険なのだと、子供に言い聞かせるように繰《く》り返し、アダムも素直《すなお》にうなずいたが、どうにも心もとない。

（また何か、やらかさないといいけど）

瑞春は食事をしながらも心配をしていたが、その不安は的中した。

夕食の後もしばらく執務《しつむ》室で仕事をし、遅《おそ》い時間に住居棟《とう》に帰ろうとした時だった。

「侍従長」

棟と棟とを繋《つな》ぐ屋根付きの外廊下《ろうか》で、誰かに呼び止められた。キョロキョロと周りと見回していると、「こっちです」と庭から声が聞こえる。見ると、子浩が暗い木の陰《かげ》に立っていた。

「あ、子……」

瑞春が声を上げかけたのを、彼は口元に人差し指を当てて制した。それから人目を憚《はばか》るように周りを見回し、手招きする。瑞春も何となくコソコソと彼に近づいた。

「暗がりですみません。ちょっと、人目につかない方がいいんじゃないかと思ったので」

瑞春がそばへ行くと、子浩が小声で言った。人目を気にする理由はわからないが、子浩がそう言うのだから、何か人に知られるとよくない事態が起こっているのだろう。

「どうしたんです」

「アダムさんが、内宮を出たきり帰ってこないんです」

「えっ」

昼に食堂で会ったが、あれから内宮を出たということだろうか。怪訝《けげん》に思っていると、子浩が「実は……」と打ち明けてくれた。

アダムが動物を飼いたがっている話を、子浩も聞いていた。というか、侍従たちはだいたいみんな知っている。アダムがしょっちゅう「モフモフが足りない」とぼやいているせいだ。

子浩も、故郷の娘《むすめ》が猫《ねこ》を飼っていたので気持ちがわかる。そこで、知人が猫をたくさん飼っていたのを思い出した。知人と言うのは宦官《かんがん》だが、子浩の故郷にいた頃《ころ》からの知り合いで、今は外宮に住んでいて、そこで猫を飼っているのだという。

ある程度、位の高い宦官になると、愛玩《あいがん》用に動物を飼えるようになる。確かにそこへ行けば、猫に触《さわ》らせてもらえるだろう。

「わけを話したら、快く引き受けてもらえました。今日、アダムさんにそれを伝えたらいたく喜んでいて」

　だから昼間、あんなにご機嫌だったのだ。アダムも言っていたが、ここまでは何も悪い話ではない。問題はここからだった。

「今度の休みにと話していたのですが、アダムさんは待ちきれなかったらしくて。私に知人の家がどこか聞いてきたので、おかしいと思ったんです。そうしたら案の定、内宮を飛び出したらしいんです」

　それで、今この時間に至るまで、帰ってきていないというのだ。

「めちゃくちゃじゃないですか」

　会ったこともない人の住まいに、猫を触りたいと押しかけたのだろうか。

「まあ、アダムさんらしいというか」

　子浩が言う。確かに彼なら、というかここの侍従《じじゅう》たちならやりそうだ。しかし、ただ猫にまみれて時間を忘れているだけならいい。護衛も付いているはずだ。侍従たちには全員、内宮を出る時は護衛を付けろと伝えたが、信用できないので、使用人たちに頼《たの》んでおいた。

　侍従の誰かがここから出ようとしたら、必ず一人、お供につくように命じてある。その護衛からも連絡《れんらく》がないとは、どういうことだろう。

「とりあえず、知人の住まいを訪ねに外宮へ向かおうと思うのですが、侍従長も一緒《いっしょ》に来てくださいませんか」

「もちろんです」

瑞春はうなずいた。引き返して警護のための従僕を呼ぼうとすると、子浩がそれを止めた。

「もうすでに頼んでおきました。内宮の門で待たせているので、急ぎましょう」

さすが子浩だ、手際《てぎわ》がいい。瑞春は頼もしく思いながら、彼の背中を追いかけた。その子浩は、「香林書房」の玄関門《げんかんもん》とは逆に歩き出した。

「あの、玄関はこっち」

「庭から行きましょう。まだなるべく、他《ほか》の人には知られない方がいいですよ。もし何事もなかったら、アダムさんも困るでしょう」

書房の敷地《しきち》は塀《へい》で囲われているわけではないので、庭の植え込みを乗り越《こ》えれば出られる。人目を気にするなら、人がいる玄関門ではなく、庭から出るべきだろう。

幸い、今夜は月も明るいから、このまま明かりを持たずに歩いても問題ない。

子浩にきっぱり断言されて、瑞春は戸惑《とまど》いながらもそうかな？　とうなずいた。

それでも何か釈然《しゃくぜん》としない気がしたが、「香林書房」の敷地を出た後、子浩が外宮に繋がる門の方角へ方向転換《てんかん》したので、少しホッとした。

しかしその後、途中《とちゅう》でまた急に方向転換をする。背の高い木々が鬱蒼《うっそう》と茂《しげ》る中へ、明かりも持たずに入って行くので、にわかに不安になった。

「あの……門とは別の方角に向かっている気がするのですが」

「迂回《うかい》してるんです。まっすぐ向かう道は、人目につくので」

そんなにも人目を気にしなければいけないのだろうか。子浩の口ぶりでは、アダムのためらしいが、彼を探しに行く瑞春たちがここまでコソコソしなければならない理由が思いつかない。考えてもわからないので子浩に尋ねようと思ったが、口を開く前に、目の前の男が急にクスッと笑った。

「侍従長は、伯雲とよく似ていますね」

「はっ？　どこが！」

よりによって、あんな勘違《かんちが》い男に似ているとは。声を上げると、「しっ」と即座《そくざ》に強くたしなめられ、慌《あわ》てて首をすくめた。

「ほら、そういうところですよ」

子浩は笑った……のだと思う。その時にはもう、木々のずいぶん深いところまで来ていて、月明かりも届かなかった。

「二人とも人がいいというか。伯雲も態度こそ尊大ですが、あれで存外に素直な男でね。人見知りで最初の警戒心《けいかいしん》は人一倍なのに、一度気を許した相手のことは、何でもかんでも信用するんです」

人がいいとか素直とか言いながら、その言葉には何となく、皮肉が混じっているように感じられた。自分は何か、子浩の気を悪くするようなことを言っただろうかと、不安になる。

「お坊《ぼっ》ちゃん気質というのかな。人がいいのは、本当の苦労をしたことがないからかもしれませんね」

「……その苦労知らずのお坊ちゃんは、私のことでもあるんですよね？」

闇《やみ》の中で、子浩の「もちろんですよ」という声が聞こえた。瑞春は思わず後退《あとじさ》る。何かおかしいと、ようやく気づいた。

「とんでもなく頭がいいくせに、どこか間が抜《ぬ》けている。『香斎侍従』の方々には、そういうところがありますよね。浮《う》き世離《ばな》れしているというか。そういうあなた方を見ていると、私は凡人《ぼんじん》だなあと感じるんです」

目の前で、何かがきらりと光った気がした。短刀だと気づき、全身から血の気が引く。

子浩の言葉は嘘だった。自分は子浩に騙《だま》されておびき出されたのだ。どうして、と瑞春は思う。どうして子浩が自分を騙すのか。

「……アダムさんを、どうしたんです」

「彼はまだ外宮にいますよ。あなたに言ったようなことを彼にも言って、連れ出したんです。アダムさんについてはまだ、彼が調べていることで聞きたいことがあるそうで。それを聞き出すまでは、たぶん生きているでしょう」

その口調からして、子浩に仲間がいるらしい。

聞き出したら、その時は殺される。彼はまだ、ということは、瑞春のことはこの場で殺すつもりなのだ。

「子浩殿、あなたの背後にいるのは誰です。兵部《ひょうぶ》の者ですか。それとももっと上？　今回、アダムさんが兵部から資料を取り寄せたことがきっかけですか。でも、あなたが敵方《われわれ》に取り込まれていたことを考えると、『香林書房』創設時から、あなたの背後の人間は我々を面白《おもしろ》く思っていなかったのでしょうね。我々を排除《はいじょ》する機会を狙《ねら》っていたのですか？」

どうやって逃《に》げるか。時間かせぎにまくし立てながらも、必死で頭を動かした。

「ほら、頭の回転は悪くない。なのにどうして、こうあっさり騙されるんでしょうね」

子浩の背後に、何者かがいる。子浩は手駒《てごま》に過ぎないのだろう。アダムは外宮で、その何者かの手によって拉致《らち》されている。

どうやって淑英に知らせるべきか。いや、とにかくこの場から逃げなくては。

冷静に考えようとしたが、考えがまとまらない。瑞春は、思っている以上に自分が動揺《どうよう》していることに気がついた。

「こんなことをして、無駄《むだ》だと思いませんか。先ほどはしきりに人目を憚っていましたが、あなたがアダムさんに接触《せっしょく》し、今は私と連れ立って出たことを、誰《だれ》かに見られているかもしれません。アダムさんや私がいなくなったら、すぐに犯人が誰だかわかるでしょう」

そうなっても、子浩の背後にいる人間は子浩にすべての罪を背負わせ、何ら咎《とが》めを受けることはないに違いない。この行動は、子浩にとってあまりに分が悪すぎる。そこまで考えて、ハッとした。

「あなた、何か弱みを握《にぎ》られているんですか」

そうでなければ、子浩がここまで無謀《むぼう》で無茶《むちゃ》をする理由がない。子浩は、ふふっと笑った。力のない笑いだった。

「それもあります。でも、少し私怨《しえん》も混じっているかな。まあ、逆恨《さかうら》みなんですがね」

声がゆっくり近づいてくる。瑞春もそれに合わせて後退った。心臓がバクバクと脈打ち、手足がひとりでに震《ふる》える。

「私はずっと、苦学をしてきたんです。科挙に何度も落ちて、とうとう三十になった。妻にはもうやめてくれと泣かれたが、どうしても諦《あきら》めきれなかった」
三十、四十と年を重ねても受からない者が大勢いる。長く続けてきた者こそ、やめ時がわからなくなるとも聞く。それまで人生を懸《か》けて続けてきたものが無になると思うと、諦めきれないのだと。そんな話を、幾度《いくど》も耳にしてきた。
「なのにあなたや伯雲は……苦労知らずのお坊ちゃんたちは、私の頭の上を飛び越えていく。軽々と、時に不遜《ふそん》、尊大な態度で」

「そんな……」

自分だって、血の滲《にじ》むような努力をしてきた。不遜で尊大な態度を取ったこともない……わけではないが、何の努力もしていないように言われるのは心外だ。

「私も、子供の頃《ころ》から人一倍勉強ができた。周囲の者たちは、さすがアルファだともてはやした。なのに三十を超《こ》えても進士になれず、科挙を受け続ける私を、今度はアルファのくせにと嗤《わら》い蔑《さげす》むのです。それがどれほど悔《くや》しいか、あなたにはわからないでしょう」

瑞春が何か言い返そうとした時、茂みの向こうから人の声が聞こえた。

「瑞春様！　そちらにいらっしゃるのですか」

男にしては少し高めの声は、宦官《かんがん》のものだ。従僕のうちの誰かが来てくれたのだ。

「ここです！」

叫《さけ》ぶのと同時に、子浩が襲《おそ》い掛《か》かってきた。勢いよく振《ふ》りかぶる様に、本気の殺意を感じた。

幸いだったのは、ここが木々の生《お》い茂った場所であること、それに、子浩が腕《うで》に覚えのないまったくの素人《しろうと》だったことだ。

後退りながら周囲を窺《うかが》っていた瑞春は、子浩が動くや、木の陰《かげ》に回り込んだ。子浩が振り下ろした刃物《はもの》は木の幹に当たったらしい。硬《かた》い音と、子浩が痛みに呻《うめ》く声が聞こえた。

そこに、先ほどの従僕が木々をかき分けてやってくる。

「瑞春様、お逃げください」

子浩との間に割って入る従僕に、瑞春は戸惑った。宦官は中背で、決して逞《たくま》しくない。子浩は痩《や》せているが、アルファらしく長身だ。おまけに武器を持っている。

「お早く！」

子浩が再び襲い掛かってくる。従僕の声に弾《はじ》かれるようにして、瑞春は逃げ出した。背後でもみ合う音が聞こえる。「あっ」という従僕の声と、どさりと崩《くず》れる音に思わず振り返った。

相変わらず暗闇《くらやみ》でよく見えない。ただ、小さな影《かげ》が地面に頽《くずお》れ、その向こうからゆらりと大きな影が立ち上がるのが見えた。

小さな影は動かない。逃げようとして、足がもつれた。転んで尻餅《しりもち》をついた瑞春へ、大きな影が近づいてくる。

「逃げられませんよ」

静かな声が不気味だった。

「逃げられないのはあなただ。もうすぐ人が来ます」

「別に、逃げるつもりはありません」

瑞春は気力を振り絞《しぼ》って立ち上がり、子浩に背を向けて駆《か》け出した。だがその肩《かた》を、男の手が摑《つか》んで引き倒《たお》す。両手が首に伸《の》びてくるのが見えた。

刃物を持っていない。従僕と格闘《かくとう》した時に失ったのだろうか。子浩は瑞春の首に手をかけたものの、すぐに苛立《いらだ》った声を上げた。

襟巻《えりま》きの下にある首輪が邪魔《じゃま》をして、うまく力が込められないのだ。

「畜生《ちくしょう》、なんなんだ」

思い通りにいかない腹立ちから、子浩がわめく。襟巻きを引きちぎるように取り払《はら》い、そこにあるものがオメガの首輪だと気づいたらしい。ハハッと神経質な笑い声を上げた。

「そう、あなたはオメガなんでしたね。私が不正をしてようやく進士になった年、『状元』となったのは、弱冠《じゃっかん》十九歳のベータだった。そんな人もいるのかと思った。まさかそれが、オメガだったとは」

子浩が力ずくで首輪を引っ張ると、玉石を繋《つな》ぐ金具がちぎれた。しかし、肝心《かんじん》の首の部分は紐《ひも》が外れない。容易に外せないとわかった子浩は、再び首輪の上から手をかけた。

瑞春とて無抵抗《むていこう》だったわけではない。必死でもがき、相手の皮膚《ひふ》に爪《つめ》を立てたが、体格の差はどうしようもなかった。

まるで男と女の差だ。怖《こわ》かったし悔しかった。こんなところで死にたくない。

(淑英様)

いつも、いざという時に思い浮《う》かぶのは彼の顔だ。

淑英が好きだ。大好きだ。たとえ彼が、自分にとっての運命の番《つがい》でなくても。

「う……」

一目会いたい。会ってから死にたい。強く願ったが、ぐいぐいと首を圧迫《あっぱく》され、顔に血が溜《た》まっていく。苦しさの中、次第《しだい》に意識が朦朧《もうろう》としはじめた。

「——瑞春!」

だから、遠くで彼の叫ぶ声がした時、都合のいい幻聴《げんちょう》だと思ったのだ。

「瑞春、瑞春! 返事をしろ!」

必死に呼ぶ声に答えたいのに、声が出ない。声を上げなければ、気づいてもらえない。

実際、ここはずいぶんと暗い場所だった。体勢を低くして物音を立てずにいれば、繁《しげ》みの外側からはまず、見つけることができない。

「どこにもいません。あちらに行ってみましょう」

従僕らしき声が言った。首を絞《し》める子浩がそこで、フフッとほくそ笑《え》んだのは、勝利を確信したからだろうか。

「いや、この近くにいる」

きっぱりとした、迷いのない声が聞こえた。彼らの声は一瞬《いっしゅん》だけ遠ざかり、また戻《もど》ってくる。

「やはり、こっちだ」

「え、しかし」

「こっちだ。おい、明かりを持ってこい！」

戸惑《とまど》う従僕に構わず、淑英が叫ぶ。彼は木々の茂《しげ》ったこちら側にどんどん近づいてきた。

「何も見えませんが。どうしてわかるのですか」

声が聞こえたが、ただ聞こえるだけで、瑞春の意識はほとんど尽《つ》きかけていた。音も、縊《くび》られる苦痛も、暗闇に飲み込まれていく。

しかし、そう思ったのも束《つか》の間、次に気づいた時には、瑞春はヒリヒリと痛む喉《のど》を押さえて激しく咳《せ》き込んでいた。

「瑞春！」

何が起こったのか、すぐには理解できなかった。

「瑞春、大丈夫《だいじょうぶ》か」

けれど必死なその声に、我《われ》知らず胸が熱くなる。自分はずっと、彼を待っていたのだ。

瑞春はいつの間にか、優《やさ》しい腕に抱《だ》かれていた。誰かが照らす明かりが、淑英の顔を映し出す。子浩がよろけながら、衛兵たちに引っ立てられていくのも見えた。

「あ、っ、アダムさ……っ」

大事なことを思い出した。アダムが危ないのだ。慌《あわ》てて伝えようとしたが、喉が痛くてうまく声が出ない。

咳き込みながら声を出そうとする瑞春に、淑英は「大丈夫だ」と、なだめるように肩を叩《たた》いた。

「アダムは無事だ。お前より先に保護している」

それを聞いて、ホッとした。同時に身体《からだ》が弛緩《しかん》する。涙腺《るいせん》も緩《ゆる》んで、気づけば泣いていた。

「瑞春。もう大丈夫だ。大丈夫」

淑英はそんな瑞春の泣き顔を、人目から隠《かく》すように抱き締《し》める。優しい声が心に染《し》みた。

いろいろな感情が同時に沸《わ》き起こり、頭がぐちゃぐちゃになる。

子浩に裏切られて悲しかったし、少しも気づかなかった自分が腹立たしい。でも、アダムが無事でよかった。

それに、淑英が助けにきてくれて嬉《うれ》しい。こうして抱きしめてくれるのが夢みたいだ。背中や髪《かみ》を優しく撫《な》でる手が心地《ここち》よい。瑞春はしばらく、その逞しい胸に顔をうずめていた。


間一髪《かんいっぱつ》で救出された後、瑞春は淑英に抱《かか》えられて住居棟《とう》まで運ばれた。一足先に、助け出されたアダムが道津老人の治療《ちりょう》を受けていて、元気そうな様子にホッとしたものだ。

手足に縛《しば》られた痕《あと》があり、顔も殴《なぐ》られたようだが、他に大きな怪我《けが》はなかった。

子浩が言っていたように、猫《ねこ》に触《さわ》らせてやると誘《さそ》われて、ホイホイついて行ったらしい。瑞春にしたのと同じ手口で、護衛を付けなかった。

「追加で護衛を付けてなかったら、二人とも危なかった」

淑英が教えてくれた。彼は瑞春が発情期を終えて書房《しょぼう》に戻ったのと同時に、瑞春とアダムの二人に密《ひそ》かに見張りを付けていたというのだ。見張りは書房の従僕に紛《まぎ》れ、二人に何かあればすぐ、淑英に連絡《れんらく》が行くようになっていた。

瑞春もアダムも、まったく気づかなかった。万が一のためだったが、おかげでアダムが連れ去られた場所にもすぐ救出の手を差し向けることができたし、瑞春が何の疑いもなく子浩について行った時も、淑英の宮に知らせを出してすぐ、瑞春を追いかけてきてくれた。

子浩に殺されそうになった時、最初に助けに入ってくれた、あの宦官《かんがん》である。彼は子浩とも み合いになり重傷を負ったものの、幸いにも一命をとりとめた。

瑞春はこの宦官が身を挺《てい》してくれたおかげで擦《す》り傷と、首の絞め痕だけで済んだ。その痕も、二日ほどで綺麗《きれい》に消えた。

今回の件はさすがに、書房の侍従《じじゅう》たちも驚《おどろ》きと動揺《どうよう》を隠せない様子だったが、それでも徐々《じょじょ》に落ち着きを取り戻し、半月ほど経《た》つと表面上はすっかり日常に戻った。

子浩は今、宮城の牢《ろう》にいる。アダムを拉致《らち》した者も捕《と》らえられたが、その背後で彼らを操《あやつ》っていた犯人はまだ、捕《つか》まっていない。

ただ、取り調べを受けた子浩は素直《すなお》に罪を告白しており、指示役が捕まるのも時間の問題だろう。

「子浩は科挙試験で不正を行い、その証拠《しょうこ》を試験官の官吏《かんり》に握《にぎ》られていたんだそうだ。目をつぶる代わりに、手駒《てごま》になれと持ち掛《か》けられたらしい」

事件直後から、淑英が捜査《そうさ》の進捗《しんちょく》を逐一《ちくいち》、教えてくれた。

子浩の不正は今から三年前、瑞春や伯雲も進士に合格した年の話だ。彼も同じ年に科挙に合格したが、それは不正をした結果だった。

瑞春と伯雲は学士院に進み、子浩は地方に赴任《ふにん》した。命じられればすぐに応じる手駒として、首に見えない紐を括《くく》りつけられたまま。

科挙試験の不正が露見《ろけん》した場合、最悪は死刑《しけい》だ。さらに当人ばかりかその一族も、周囲から侮蔑《ぶべつ》され、突《つ》き放されて、社会的制裁を受ける。

子浩にとって、試験官に弱みを握られた時点で、相手の要求を無条件に呑《の》む以外、選択肢《せんたくし》はなかっただろう。

殺されかけたけれど、不思議と子浩に対する怒《いか》りはなかった。そうせざるを得なかった彼を気の毒だと思う。

「お前がしょぼくれることではない。遅《おそ》かれ早かれ、彼はどこかで使い捨てられる運命だったのだ。不正をした時点でな」

瑞春とは対照的に、淑英は厳しい。確かにその通りなのだろう。試験で不正をした子浩は確かに悪い。

でも、不正をせざるを得ないほど追い詰《つ》められていた彼の気持ちもわかる。そんなことを瑞春が言ったら、子浩はますます怒《おこ》るかもしれないが。

もしも子浩が「香斎侍従」に抜擢《ばってき》されず、地方にいたままでも、遅かれ早かれ何かに利用されていただろう。

だが彼は優秀《ゆうしゅう》な上に、穏《おだ》やかな性格でよく周りをまとめた。赴任先でも評判だったようだ。そうした地方での働きが認められ、「香斎侍従」に抜擢されて中央へ栄転する。

彼の弱みを握る人物は、ここが彼の使いどころと思ったようだ。子浩に間諜《かんちょう》としての役目を申し付けた。

皇帝《こうてい》陛下とその弟の淑英が意を注ぐ「香林書房」とは何か。そこで何が行われようとしているのか。

子浩ははじめ、伯雲が侍従長になるものだと思い、彼に接近した。同じ同期で「状元」の瑞春が「香斎侍従」にいることも知っていたが、アルファの進士を差し置いてベータが上に立つとは、思ってもいなかったという。

侍従長となった伯雲から、あれこれと他《ほか》の侍従には聞けない情報を聞き出そうとしていたのに、いざ蓋《ふた》を開けてみれば、侍従長に任命されたのはベータの瑞春だった。

そこで子浩は、伯雲とも親密な関係を続けつつ、徐々に瑞春に近づこうとしたのだった。

瑞春に発情期が起こって伯雲が巻き込まれ、侍従長不在となったのは、子浩にとって都合のいい展開だった。

これを機に瑞春を取り込もうと考えていたところへ、アダムが兵部《ひょうぶ》の資料を求めて、やってきたのである。

「子浩の報告を受けて、黒幕はアダムが何を調べているのか、すぐに理解したようだな。後ろ暗いことがあるのだから、当たり前だ」

「それでアダムさんと、汚職《おしょく》の件を知っている私を消そうとしたのですね」

「口封《くちふう》じの意味もあるが、侍従たちへの脅《おど》しと、それに私と陛下への牽制《けんせい》だったのだろう。余計なことをするとこうなるぞ、という」

だから、犯行は大胆《だいたん》に行われた。脅しなのだから、隠す必要はない。知られても、すべて子浩に罪をかぶってもらえばいいのである。

「最低だ」

瑞春は思わずつぶやいた。あの時、子浩も言っていた。逃《に》げるつもりはないと。どうせ逃げられないことも、自分一人の罪になることも、子浩はわかっていた。

そんなふうに彼を陥《おとしい》れた相手が憎《にく》い。早く捕まってほしいと思うが、今回の殺人未遂《みすい》から、汚職に繫《つな》がるすべての人物を断罪するのは難しいだろう。

そこのところを、淑英はまだはっきり言わないが、瑞春にも事情はわかる。

子浩は試験官の官吏に弱みを握られていたという。しかし、黒幕はもちろん、その試験官などではない。それを使役《しえき》する者がいるし、その者もさらに上の誰《だれ》かに操られているのかもしれない。

兵部の汚職が大掛《おおが》かりなのを見てもわかる通り、宮中の暗部には実に多くの人間が関《かか》わっており、そして彼らを操る存在がいる。

その黒幕が一人か複数かはわからない。しかし、瑞春とアダムを堂々と害し、皇帝陛下と皇弟《こうてい》を牽制しようとするような相手だ。かなりの権力者であるのは間違《まちが》いない。

「子浩は間違いなく優秀な男だった。それは、『香斎侍従』に抜擢された点から見ても間違いない。科挙制度などなければ、彼が不正をすることもなく、もっと若い時からしかるべき場所で才能を発揮できたかもしれないのに」

話をそう締めくくるのに、瑞春は少し苛立《いらだ》った。

「科挙制度の問題はわかりますが、今は聞きたくありません」

淑英の意見もわかる。だが、自分や子浩がやってきたことを無駄《むだ》だと言われているようで、たまらなかった。

瑞春の気持ちがわかったのか、淑英もすぐに表情を改めた。

「そうだな。無神経だった。すまない」

「いえ……」

素直に謝られると、こちらもそれ以上は強く言えなくなる。

そもそも今は、事件の進捗を聞くのも落ち着かないような状況《じょうきょう》だった。

子浩が逮捕《たいほ》されて一月ほど経った今日、瑞春は淑英の宮の離《はな》れに、二人きりでいる。

（しかも、なんで私室なんだろう……）

いつも仕事の話をする時に使う、執務室《しつむ》ではない。今から遡《さかのぼ》ること数日前、

「ゆっくり話がしたいので、どこかで時間を作ってくれ」

と、改まって言われた。そういえば以前にも、そんなことを言われたのだった。予定があるとゆっくりできないので、夕方、仕事を終えてから、ということになった。

何の話だろうと思いつつ、淑英を訪ねたら、居室に通されたのだ。

それから円卓《えんたく》を囲んで淑英と二人、食事をしつつ、まずは事件捜査の進捗から聞いているというわけだ。

子浩のことも気になるが、本題が気になって仕方がない瑞春は、食事もろくに喉《のど》を通らなかった。

(侍従長をクビ、とかだったら嫌《いや》だな。でも私は今回、へまをしてるし……)

早く聞きたいが、聞くのが怖《こわ》い。しかし、食欲《しょくよく》のない瑞春に、淑英は体調が悪いのかと何度か尋《たず》ねてきた。

その口調が、仕事の時より優《やさ》しい気がする。クビ宣告の前だからか。何だろう何だろう、と、時が経つごとに不安が増してくる。

「緊張《きんちょう》しているな。私が改まって話したいなどと言ったからか」

「ええ、まあ」

その通りです、とうなずく。淑英はクスッと笑った。

「酒を出したほうがいいのかもしれないが、素面《しらふ》で話したいんだ。前にも言ったが悪い内容ではない。たぶんな」

「たぶん」

心もとない。淑英はそこで、料理を下げさせ、かわりに茶を持ってこさせた。

(あ、いつものお茶だ)

淑英の宮でいつも出されるお茶だ。彼のお気に入りなのかもしれない。温かくよい香《かお》りのお茶に、少しだけ不安が和《やわ》らぐ。

「本題に入る前に、これを渡《わた》しておこう」

淑英は言って服の袂《たもと》を探《さぐ》り、中からオメガ用の首輪を出した。

以前にもらった豪《ごう》華《か》な「お古」とは違《ちが》う、余計な飾《かざ》りのない、すっきりとした意匠《いしょう》の首輪だ。

「普《ふ》段《だん》使いのものだ。前のも直しているが、これから日常ではこちらを使うといい」

以前のものは、子浩に襲《おそ》われて壊《こわ》れてしまった。飛び散った玉石や部品は回収され、淑英が修理に出してくれている。

「え、いただけません」

「お前のために作ったのだ。前に渡した首輪も、実はお古ではないのだがな」

さらっと驚《おどろ》くことを言われた。

「それは、どういう……」

「いつか再会する運命の番《つがい》のために、以前から作らせていたものだ」

淑英はちょっと照れ臭《くさ》そうに、重要なことを口にする。やけに豪華だと思ったが、そういうことだったのだ。

「すみません。そんな思い入れのあるものとは知らず、壊してしまいまして」

「壊したのは子浩だろう。無理やり首に巻いたのも私だ。あれは今思うと、ちょっと私の思い入れが強すぎたな。装飾《そうしょく》に凝《こ》りすぎた。今回はちゃんと、お前が普段も身に着けられるように考えて作らせたんだ。お前の名を刻んだから、使ってもらわねば無駄になる」

「え……でもまた、虎《とら》とか付いてますけど」

前に比べれば簡素だが、よく見ると細工が細かい。淑英の印である。それにうなじの金具の部分には、瑞春という名の他に、虎の造形がはめ込まれていた。

なんだか、瑞春が淑英のものだと主張されている気がする。

（いや、まさか）

妄想《もうそう》はいけない、と自分を戒《いまし》める。淑英は首輪を円卓の瑞春の前まで滑《すべ》らせたが、それ以上は何も言わなかった。

「そういえば先日、林寧寧に会ってきた」

瑞春はあっと息を吞《の》んだ。

この騒動《そうどう》の間に、寧寧の発情期は終わっていた。寧寧が仕事に復帰したことは淑英に報告していたが、取り次ぎを頼《たの》まれなかったので、まだ顔を合わせていないと思っていた。けれど二人はすでに、会っていたのだ。

結果はどうだったのだろう。それを聞いて、自分はどんな顔をすればいいのか。頭の中でぐるぐる考える瑞春を、淑英はじっと見つめていたが、やがて言った。

「結論からいえば、林寧寧は私の運命の番ではなかったようだ」

思わず、ホッと息を吐《つ》いてしまった。心から安堵《あんど》したのを、咄嗟《とっさ》に隠《かく》すことができなかった。

そんな自分に慌《あわ》てて、顔をうつむける。

「それは……ざ……残念です」

残念だなんて思ってないくせに。自分で自分に突《つ》っ込んだ。人の不幸を喜ぶなんて、嫌な奴《やつ》だ。ぎこちない瑞春の態度に気づいているのかいないのか、淑英は変わらぬ声で続けた。

「彼に質問をしてみた。それではっきりしたのだ。もっとも、聞くまでもなくわかっていたのだがな。やはり林寧寧と会っても、特別なものは感じなかった。運命の番とは、会った瞬間《しゅんかん》から何かしら感じるものだ」

瑞春がかつて、初めて皇帝《こうてい》陛下に会った時に感じたのと、同じようなものだろうか。でも、自分は陛下ではなく淑英を好きになった。運命の番とやらが、今一つよくわからない。

「私が探していたオメガは、今は二十から二十の半ばくらいになっているはずだ。十三年前に十歳前後だったからだ。それから、十三年前にここ春京にいたこと」

「十三年前？」

釣《つ》り込まれるように顔を上げる。淑英が、まっすぐにこちらを見ていた。片時も瑞春の表情を見逃《みのが》すまい、というように。

「林寧寧にした質問は一つ。皇帝陛下の即位《そくい》式《しき》の巡行《じゅんこう》を見物したか、というものだ。陛下の輿《こし》を見たかと聞いた。林寧寧は見ていなかった。彼は使用人の子で、その日は親の手伝いで家から出られなかったそうだ。即位式が見られず、残念だった記憶《きおく》があると」

即位式の巡行、陛下の輿。瑞春にとって、忘れられないものばかりだ。ざわざわと胸が騒《さわ》ぐ。

「そこで、お前に聞きたい。十三年前の即位の日、自分がどこにいたのか覚えているか。採用時にお前の書類を見たが、養子で、出生も出身も夏京だと書いてあった」

瑞春は首を横に振《ふ》った。言葉がなかなか出てこなかった。

「その書類には、間違いがあります。確かに私は夏京の出身で養子ですが、生まれは春京です」

「やはりそうか。夏京の戸籍係《こせき》に文句を言わなくてはな」

書類の写しを取り寄せる際に、不備があったのか、それともそもそも戸籍が間違《まちが》えていたのか。わからないが、淑英はそれを見て、生まれが夏京の瑞春は、自分の探しているオメガには当てはまらないと判断したのだ。

「私は、九つまで春京におりました。陛下の即位式があった年に両親がなくなり、夏京の遠縁《とおえん》のもとに引き取られたのです。即位式の巡行も見学しました。というか……」

「ぴょんぴょん飛び跳《は》ねていたな？」

淑英が昔を懐《なつ》かしむように、目を細める。

「跳《と》びすぎて、陛下の輿の前に転がったのです。咎《とが》めを受けても仕方のないところを、陛下のご恩情でお許しいただきました」

「あれは見ものだったな。腹が震《ふる》えて、笑いをこらえるのに必死だった」

思い出したのか、淑英はククッと堪《た》えかねたように笑う。恥《は》ずかしかった。

「あの時、淑英様も巡行にいらしたのですね」

淑英はうなずいて、いたずらっぽい眼差《まなざ》しを瑞春に向けた。

「ああ。その子供が擦《す》りむきながらブルブル震えているので、可哀想《かわいそう》になって、つい手巾《しゅきん》を差し出したのだ」

その力強い眼差しが、十三年前の皇帝陛下と重なる。

「えっ、でも。あれは皇帝陛下の輿で……」

「十代の頃《ころ》、私と兄上は今よりもっとよく似ていた。兄上の影武者《かげむしゃ》が務まるくらいにな」

「影……」

では、あの場にいたのは、瑞春が出会って衝撃《しょうげき》を受けた相手は、皇帝陛下ではなく淑英だったというのか。

「以前、兄上が私のかわりに毒を飲んだ話をしただろう。あれは父が崩御《ほうぎょ》する直前、兄上が即位する、少し前のことだ。即位式の時にはまだ、体調が思わしくなかった」

即位式は長時間に及《およ》び、健康であっても苦痛だ。そして、青ざめた弱々しい姿を人々の前に晒《さら》してもいけない。

正しく天から命を受けた者として、力強い姿で民《たみ》たちの前に立たなければならなかった。

だから淑英は、毒で弱った兄のかわりに、彼のふりをして即位式に臨《のぞ》んだのである。

「おかげで、運命の相手に出会えた」

「淑英様の運命……」

「そうだ。初めて見たお前の目が、宝石のようにきらめいて美しかった。目が離《はな》せなかった。ただ、ぴょんぴょん跳ねて転がってきた姿が、あまりに強烈《きょうれつ》でな。そのせいで忘れられないのだと思ったのだ」

だが、そんな楽しく強烈な出会いを抜《ぬ》きにしても、美しい子供の姿が頭から離れなかった。もう一度会いたいと、密《ひそ》かに街を探らせたこともある。

長いこと、ただ一度だけ会った子供を探していた。彼が自分の運命のオメガだと、確信していた。

「道津老人に聞いたが、お前も九つの頃、オメガの発情期のような兆候があったそうだな。私に会った直後ではないのか」

「そう、です。即位式で陛下……いえ、淑英様に会って感激して。いただいた手巾を抱《だ》いて寝《ね》たら、その夜、熱を出したんです」

「手巾に私の匂《にお》いが付いていたのだな」

ではあれがやはり、瑞春の初めての発情だったのか。運命の相手と近づいたから、発情が起こった。瑞春の運命の相手は、淑英だったのだ。

「信じられない……」

「そうか？　私は陛下の執務《しつむ》室でお前に再会した時から、特別な縁《えん》を感じていたがな」

瑞春はまだ現実が受け容《い》れられず、呆然《ぼうぜん》としていたが、淑英はすでに確信しているようだ。搦《から》めとるような声音《こわね》に、しかし瑞春もハッと我《われ》に返った。

「嘘《うそ》です。私のこと、気持ち悪いとか言ってたじゃありませんか」

忘れていないぞ、と相手を睨《にら》む。淑英もその時を思い出したのか、遠い目をしながらうなずいた。

「ああ、言った。ヤバい奴が来たなと思った。経歴を見てうっかり侍従《じじゅう》長に推薦《すいせん》したが、はやまったかも、とな。だがそんな感情とは裏腹に、お前が気になって仕方なかったんだ」

一度、輿の上から見ただけで、子供の顔立ちははっきりとわからない。だが瑞春のきらきらしい双眸《そうぼう》が、かつての子供と重なった。そして瑞春の身体《からだ》からは、微《かす》かにオメガの匂いさえした。

しかし、瑞春はベータだ。それに出生は、夏京となっている。そもそもオメガが、発情期を抱《かか》えて科挙を乗り越《こ》えられるはずがない。

淑英は、気のせいだったと諦《あきら》めて、瑞春と「香林書房」開設の準備を始めた。

「お前はベータで、運命の相手ではないと理性ではわかっていた。なのに、どうにも惹《ひ》かれる自分を止められなかった」

惹かれる、という言葉に、瑞春は思わず目を見開いた。そんな素振《そぶ》りは、今まで見せなかったのに。

「自分の感情には戸惑《とまど》ったが、同時に仕方ないとも思った。何しろお前はとびきりの美人で、ツンツン取り澄《す》ましているくせに、妙《みょう》なところで間が抜けている。皇帝陛下の前でハァハァ息を荒《あら》げる変人の変態で、なのにクソがつくほど真面目《まじめ》で純朴《じゅんぼく》だ。こんなに面白《おもしろ》い奴に、興味を持つなというほうが無理だろう？」

褒《ほ》めているのかけなしているのかわからない、何とも返答に困る言葉だ。じっとりと上目遣《うわめづか》いに見ると、淑英は甘やかな微笑《ほほえ》みでそれを受け止めた。

「だから、もういいと思ったんだ。運命や、性別などどうでもいいと」

もう、運命の番《つがい》を探すのはやめようと思った。寧寧が運命の番かもしれないと知った時も、それほど喜びはなかった。

彼に会ったのは、だからただ、事実を確認《かくにん》するためだ。一度会っただけの運命の相手より、今は瑞春に惹かれていた。

「まあ結局、思い出の相手もお前だったわけだが」

その声がどこか、照れ臭《くさ》そうに聞こえて、瑞春の顔はじわりと熱くなった。

「ひ、惹かれてるなんて……そんな素振り、見せなかったじゃありませんか。ちっともわかりませんでしたよ」

「皇弟《こうてい》で上司の私があからさまに迫《せま》ったら、お前は拒否《きょひ》できないだろう。無理やりにではなく、ちゃんと気持ちごと手に入れたかったんだ」

しかしそもそも、淑英は本気で誰《だれ》かを振り向かせようと努力したことがない。手に入れたいと思いつつ、どうすればいいのかわからなかった。

初めての感情に戸惑って、そのせいで判断を誤ったこともある。瑞春が伯雲を憎《にく》からず思っているのではないかと邪推《じゃすい》して、不貞腐《ふてくさ》れていたこともあった。

「不貞腐れてたんですか」

「不貞腐れてたな」

堂々とした口調で言われた。信じられなかった。瑞春といる時の淑英は、いつでも余裕《よゆう》があって、たまに意地悪で、でも優《やさ》しい。頼《たよ》れる相手だった。

実はままならない想《おも》いを抱えていたなんて、少しも気づかなかった。しかもその相手が、自分だったなんて。

「幸いにしてお前は、優秀《ゆうしゅう》すぎるほど優秀だ。今後も長く書房で勤めることになるだろう。ゆっくり搦めとってやろうと思っていたんだ」

淑英は言って、獰猛《どうもう》に笑う。

けれど、彼が密かに物騒《ぶっそう》なことを考えていた矢先、瑞春が発情した。

淑英はそれまで、オメガの発情には何度か遭遇《そうぐう》していたが、瑞春から香《かお》る匂いは、他《ほか》の誰とも違《ちが》う、抗《あらが》いがたい引力を持っていた。

「その時点ですでに、お前が運命の相手だと確信を持っていたのだが。運命の番とは、興味深いものだ。普段《ふだん》、お前を愛《いと》しいと思うのとはまた違った、不思議な感覚だった」

瑞春も、あの時のことを思い返してみる。とにかく頭がぐちゃぐちゃだった。淑英が来てくれて良かったと、安堵《あんど》したのだけを覚えている。

彼から発せられるアルファの匂いは、確かにたまらないものだったけれど、匂いに誘発《ゆうはつ》される性的欲求《よっきゅう》は、淑英への恋情《れんじょう》とはまた別のものだった。

「普段の感情とは異なる何かが、お互《たが》いに引き合うのだろう。お前が子浩におびき出された時、暗闇《くらやみ》でお前を探していたが、なぜかお前がどこにいるのかわかった」

そう、暗い木々の茂《しげ》みにいる瑞春たちを、淑英は迷いなく探し出したのだ。見つけるのがあと一歩遅《おそ》かったら、瑞春は死んでいた。

「私も不思議に思っていました」

「自分でも理屈《りくつ》はわからん。運命の番とはそうしたものなのかもな。感情ではなく、本能が互いを結び付けようとする」

「本能……」

感情に関《かか》わりなく惹かれ合う、それが運命の番というものなら、では今、瑞春の胸にある淑英への思いは何なのだろう。

その疑問に答えるように、淑英は言葉を続けた。

「我々が十三年前に出会い、こうして再会したのも、運命だったからかもしれない。だが私がお前を好きになったのは、本能ではなく感情の部分でだ。美人で才人で、奇人変人《きじんへんじん》のお前がたまらなく愛しいのは、お前がお前だからだ」

好き、愛しい。確かにそう言った。

「……最後は余計です。あと、ややこしい」

照れ臭さを隠《かく》すためにぶっきらぼうに返すと、淑英は口を開けて笑った。

「つまり、運命とか運命じゃないとか、オメガとかベータとかに関係なく、私はそのままの雪瑞春を愛している、ということだな」

　こういう時、なんと返せばいいのだろう。飛び上がりたいくらい嬉《うれ》しいのに、身体がカチコチに固まっている。自分が自分でないみたいだった。

「で、お前はどうなんだ」

「へっ」

　話を向けられて、瑞春は飛び上がった。

「お前の部屋にあった、気持ちの悪い『御手印』の祭壇《さいだん》。崇拝《すうはい》する陛下のものではなく、私のものだとわかっても飾《かざ》ってくれているのだから、お前も私のことが嫌《きら》いなわけではないだろう？」

「……っ」

　そう、淑英に助け出されて住居棟《とう》に運ばれた時、彼に部屋の中を見られていたのだった。祭壇を初めて見た時は慄《おのの》いたようで、「うわ……」と声を上げていたが。

　想いを見透《みす》かされていた。瑞春は真っ赤になって口ごもる。うつむきかけたが、それはよくないと慌《あわ》てて顔を上げた。

　淑英は、ちゃんと気持ちを打ち明けてくれた。自分も素直《すなお》に告白するべきではないのか。好きな相手が、自分を好きだと言ってくれたのだ。何を我慢《がまん》することがあるのだろう。

「仰《おっしゃ》る通り、私も……私は、あなたが好きです」

　懸命《けんめい》に言葉をつむいだ。つっかえて声が裏返っても、淑英は笑ったりしない。

「初めて出会った時、太陽のような人だと思いました。恋《こい》とは違ったけれど、皇帝《こうてい》陛下だと思っていた方は、忘れられない人物でした。陛下のことは、今でも敬愛しております。あなたのことは、最初はいけ好かない人だと思っていたのですが」

自分の運命の番は皇帝陛下かもしれず、淑英の相手は別にいると思っていた。だからこの想いを伝えてはいけないと抑《おさ》えこんでいたけれど、もう我慢しなくてていいのだ。

「あなたが好きです。大好きです」

必死で想いを伝えていると、淑英が立ち上がり、瑞春に近づいてその手を握《にぎ》った。

「ありがとう。私もお前を愛している。お前と番になりたい」

番、という言葉を聞いた時、うなじがじわりと熱くなった気がした。淑英と身体《からだ》を重ね、契《けい》約《やく》を交《か》わすということだ。

「すぐに結論を出せとは言わない。私には仮初《かりそ》めとはいえ妃《きさき》がいるし、お前は公《おおやけ》にはまだベータだ。婚姻《こんいん》という形を取れるのはまだ、ずっと先だろう。子供ができてもしばらくは、私とお前との子供だと公表できない。多くのオメガが望む形では、お前を幸せにしてやれない」

それでも、と淑英は訴《うった》える。

「私は誰よりもお前を愛している。たとえ番になれなくても、生涯《しょうがい》愛するのはお前だけだ」

淑英は瑞春の手の甲《こう》に口づけた。淑英の指先の冷たさと、唇《くちびる》の熱さに震《ふる》える。

瑞春に受け入れてもらえないかもしれないという不安が、彼の指先を冷たくさせているのだろうか。

確かに、今の状況《じょうきょう》ではすぐさま結婚することは難しい。子供ができても皇弟の子だと公表するのは、まだ先になるだろう。

でもそれが、瑞春や子供にとって不幸になるだろうか。そもそも瑞春は、妃になりたいわけではない。仕事が面白《おもしろ》いし、許される限りずっと続けたいと思っている。

「淑英様」

瑞春はそっと手を重ねた。

「私が望むのは、あなたと共にいることです。これからも、あなたの下《もと》で働きたい。番となるか、上司と部下でいるかのどちらかではなく、両方手に入れたいのです。我がままな望みかもしれませんが」

オメガとしては、我がままな望みかもしれない。でもそれが、瑞春の偽《いつわ》らざる本音だった。

瑞春もまた、緊張《きんちょう》して淑英を見つめる。愛する相手に本音を告げることは、なんて勇気のいることだろう。

「……ああ。そうだった。お前はそういう男なのだったな」

淑英は言って、ふわりと微笑《ほほえ》んだ。艶《つや》やかな笑顔に、瑞春は見惚《みと》れてしまう。その顔をもっと見ていたいと思ったけれど、気づいた時には淑英に抱《だ》き締められていた。

「我がままなどではない。『香林書房』の侍従長《じじゅう》として、そして私の番として、どうかこれからもずっと、そばにいて欲しい」

はい、と答えた自分の声が、わずかに震えていた。

「瑞春。愛している」

囁《ささや》かれたその言葉を聞いた時、瑞春はようやくこれが、夢ではなく現実なのだと実感できた。

「私もです、淑英様。私も、あなたを愛しています」

今まで、誰《だれ》かを本気で好きになったことはなかった。初めて淑英に恋をして、苦しいくらい好きになって、彼も瑞春を好きだと言ってくれた。こんな幸せなことが、あるだろうか。

瑞春も淑英の身体に腕《うで》を回すと、彼はわずかに息を詰《つ》めた。

「瑞春」

呼ばれて、顎《あご》を取られる。目の前に男っぽい美貌《びぼう》が近づいてきて、唇を塞《ふさ》がれた。

「……っ」

柔《やわ》らかな唇の感触《かんしょく》に、ぶわぶわと全身が熱くなる。

「ん……、んっ」

唇が離《はな》れ、また触《ふ》れる。角度を変えて口づけられ、時に甘く唇を食《は》まれ、滑《すべ》り込んできた舌先に内側を嬲《なぶ》られた。

「っ、は……っ」

瑞春の知る口づけとは、だいぶ趣《おもむ》きが違う。激しく貪《むさぼ》られるようだった。

「……瑞春。瑞春」

淑英が熱に浮《う》かされたように名前を呼ぶ。彼の唇は、瑞春の口元だけでなく、頬《ほお》や額、耳元に余すところなく落とされた。

首筋を強く吸われ、大きな手の平が腰《こし》や尻《しり》をまさぐるように撫《な》でまわす。肌《はだ》にかかる荒《あら》い吐《と》息《いき》に、瑞春はずくりと下半身が重くなった。

「あ、あの……待っ……」

自分の身体の変化にあわあわして叫《さけ》ぶと、淑英も我《われ》に返ったように顔を上げる。それからバツが悪そうな顔をした。

「すまない。暴走した」

淑英でも、そんなふうになるのだ。そして彼らしからぬ暴走をさせているのは、自分なのだ。そう考えると、嬉しくてたまらなくなる。

「いきなり悪かった。嫌《いや》だったか？」

しゅんとしたように言うから、瑞春は勢いよく首を横に振《ふ》った。淑英はくすりと笑い、瑞春の肩《かた》を撫でる。

「じゃあ、このまま先に進んでもいいか」

「先……」

「隣《となり》が寝所《しんじょ》になってる」

淑英が背後にある扉《とびら》を顎で示して言う。瑞春は展開についていけずぽかんとした。ついさっき告白したばかりで、もうこの先とは。

すると淑英はまた、しょんぼりした悲しそうな顔をした。肩まで落としている。

「すまん、性急すぎたな。やっぱり嫌なんだろう」

本当に嫌ではないから、瑞春は慌てた。こちらの反応が捗々《はかばか》しくないから、誤解されたのだろうか。離れようとする淑英の服を掴《つか》んで追いすがる。

「違《ちが》います。嫌なんかじゃないです。ただあの、あまりこういう経験がなくて。口づけも以前、淑英様にしていただいた口うつしが初めてだったんです。だから、どうしていいか……。でも、嫌じゃないんです。私も淑英様と……そういうことをした……いっ？」

しどろもどろに伝えていると、いきなりがばっと抱きしめられた。頭ごと抱《かか》え込まれ、ぐりぐり頬ずりまでされる。

「本当の本当か？　男に二言はないな？」

「ほ、本当の本当です。私も男です。二言など」

意を決して告げたのに、なぜか「はあっ」とため息をつかれた。何なのだと困惑《こんわく》したけれど、淑英が抱きしめる腕に力をこめるので、抜《ぬ》け出せない。

「お前……可愛《かわい》いな。だがチョロすぎて、今後が心配だ」

「……ちょろ？」

はて、と内心で首を傾《かし》げた時、ふわりと身体が浮いた。淑英が抱え上げたのだ。片腕《かたうで》で瑞春の下半身を抱え、そのまま大股《おおまた》に隣の部屋へと歩いて行く。

「え、あっ、ちょっと！」

視界が高くて怖《こわ》い。相手の首にしがみつくと、ニヤッと人の悪そうな笑みにぶつかった。

先ほどの、しょんぼりとした悲しそうな淑英はどこにもいない。

悲しそうなふりをして、「嫌だったか？」なんて殊勝《しゅしょう》に聞いてくるからおかしいと思っていた。

「騙《だま》したんですね」

瑞春が睨《にら》むと、淑英はクスクス笑う。しかし、歩みは止めなかった。

「騙してなんかないさ。それだけ必死なんだ。お前が欲しくてたまらない」

蠱惑《こわく》的な声に、瑞春の心臓が跳《は》ね上がる。

その時にはもう、淑英は寝室の扉を開いて中に入っていた。

「絶対に、優《やさ》しくする」

寝所に入って、淑英はまっすぐに寝台へ進むと、その上に瑞春を下ろした。

寝台は、瑞春が「香林書房」の住居棟《とう》で使っているような、一人用の飾《かざ》り気のないものだ。発情期の時、お妃たちのいる母屋《おもや》で使われていたものよりも、ずっと簡素だった。部屋そのものも、余計な装飾《そうしょく》はなく、実用一辺倒《いっぺんとう》という感じだ。

瑞春の上に覆《おお》いかぶさるようにして寝台に上ってきた淑英は、面白がるような笑いを消し、かわりに真剣《しんけん》な表情で誓《ちか》いを立てた。

「気持ちいいことだけをする。痛いことや嫌なことはしないと約束する。――このままお前を抱いてもいいか？」

取り繕《つくろ》うこともなく、正面から切り込んでくるのが彼らしい、と瑞春は思った。さっきの告白もそうだ。彼の身分なら、いちいち訊《たず》ねなくても、いくらでも好きなようにできるのに、相手の気持ちを大切にしてくれる。

本当のところを言えば、初めてのことばかりで、この先に進むことに戸惑《とまど》いや不安があった。それでもこうして、淑英が瑞春の不安を汲《く》み取り、意思を確かめてくれるのを見て、身を委《ゆだ》ねてみようと思った。瑞春はおずおずとうなずく。

「はい。でも、私がこれからおかしなことをしても、笑わないでください。本当に、こちら方面の知識に疎《うと》くて、やり方もわからなくて……。あと、やっぱり少し怖いです」

最後の言葉をぽそりと言うと、淑英は一瞬《いっしゅん》、切なそうな顔をした。そろりと、瑞春の頰を撫でる。

「笑ったりするものか。初めて男に抱かれるのだから、恐《おそ》ろしいのも当然だ」

「でも、嫌なわけじゃないです」

このままやめてしまうのではないかと思って、瑞春は慌《あわ》てて言葉を繫《つな》げた。淑英は、「わかってる」とうなずいて、瑞春の唇《くちびる》を軽くついばんだ。

「嫌なことがあったら言ってくれ。できるだけゆっくりする」

いいか？　と覗《のぞ》き込まれて、瑞春はうなずく。

最初は、長い口づけから始まった。先ほどの貪るような行為《こうい》ではなく、瑞春を甘やかし蕩《とろ》けさすような、優しく軽《かろ》やかな口づけだ。

途中《とちゅう》で帯を解《ほど》かれ、再び口づけされる。その合間に、淑英の大きな手が瑞春の身体《からだ》のあちこちを撫でさすった。

ただそれだけなのに、長く触れ合ううちに瑞春の身体に熱が灯《とも》る。

「……っ」

淑英が身体をずらした拍子《ひょうし》に、下腹部が擦《す》れた。わずかな刺激《しげき》だったが、自分のそこがすでに緩《ゆる》く勃《た》ちかけていたことに気づき、瑞春はいたたまれなくなる。

「恥《は》ずかしがらなくていい」

真っ赤になって視線を泳がせる瑞春に、淑英は優しく囁《ささや》いた。

「相手にとっては嬉《うれ》しいものだからな。それにほら、私も同じだ」

「あ……」

太ももに硬《かた》いものを押し付けられ、瑞春は息を呑《の》んだ。淑英は身を起こすと自ら帯を解き、下着を取り去った。

瑞春の鼻の先で、ぶるんと勢いよく陽根が跳ね上がる。腹につくほど大きく反り返ったそれは、瑞春の持ち物とは太さも形状もだいぶ違っていた。

まじまじと見つめていると、淑英はくすりと笑う。服をすべて脱《ぬ》ぎ去り、逞《たくま》しく均整の取れた裸体《らたい》を惜《お》しげもなく晒《さら》して見せた。

美しい男の身体に、瑞春は言葉もなく見惚《みと》れる。そんな瑞春の襟《えり》の合わせから、淑英はするりと手を差し込んだ。

「私ばかり見られるのは不公平だろう？」

いたずらっぽく言って、瑞春の服を脱がしていく。

「あの、あまり見ないでください。私のはその……淑英様に比べて貧相なので」

勉強ばかりしてきて、日に浴びたこともない身体は薄《うす》っぺらだ。恥ずかしくなって両腕で身体を隠《かく》そうとしたが、淑英はその腕を取ってなだめるように瑞春の唇をついばんだ。

「貧相？　美しい身体だ。白く滑《なめ》らかで、正しく雪のようだな。ここだけほんのりと薄桃色《うすももいろ》をしている」

男の指先が、瑞春の胸の飾りをつまむ。ゾクゾクと身体中に快感が走って、思わず喉《のど》をのけ反らせた。

「ひ……」

瑞春の反応を見るや、淑英はもう一方の乳首《ちくび》を弄《まさぐ》る。

「あ、あ……」

瑞春の足の間にある性器が、それに合わせてぷるぷると揺《ゆ》れた。

「気持ちがいいか？　こちらも弄ってやろう」

蠱惑的な声と共に、性器に指先が絡《から》む。乳首を弄りながら性器を扱《しご》かれ、瑞春は駆《か》け巡《めぐ》る快楽になすすべもなかった。

「ひ……ぁ……あっ」

自分で触《ふ》れる時とは、まったく違う感覚だった。あまりの気持ちよさに目が眩《くら》む。たちまち熱いものがせり上がってきて、瑞春は淑英の手の中で達していた。

「……は……っ」

強い絶頂の後、瑞春の身体はくったりと弛緩《しかん》する。まるで嵐《あらし》の中を駆け抜けたようだ。恥ずかしさを感じる暇《ひま》もなかった。

「良かったか？」

淑英が言い、瑞春の額や頬《ほお》に口づけを落とした。その声にようやく、我《われ》に返る。艶《なま》めいた眼《まな》差《ざ》しに見つめられ、かあっと顔が熱くなった。

自分だけ先に達してしまった。恥ずかしい。

「甘い匂《にお》いがする」

すん、と鼻先を瑞春の首筋に近づけて、淑英が言った。言われてみれば、部屋に入った時には感じなかった、甘い匂いが立ち込めている。そしてそれは、淑英の身体からしているようだった。

「淑英様の匂いです」

「私は、お前の身体から匂いを感じる」

あまり鼻先を近づけるので、瑞春はくすぐったさに首を竦《すく》めた。

「発情しているのでしょうか。発情期ではないのに」

「運命の番《つがい》だからだろう。互《たが》いに魅入《みい》られて昂《たかぶ》ってしまう。だが、発情期の強さほどではないかな。これならギリギリ、意識を保っていられそうだ」

それを聞いて、瑞春はホッとした。先ほどの手淫《しゅいん》でさえ、目の眩《くら》むような快感だったのに、発情期で初めての性交をしたら、自分の頭は焼き切れてしまうのではなかろうか。

「怖いか？」

再び淑英の手が下腹部に伸《の》びてくる。達したばかりの性器をやんわり扱かれたかと思うと、足を割り開かれ、今度は陰嚢《いんのう》を揉《も》みしだかれる。さらにその奥へ、指先が伸びてきた。

「いえ……恥ずかしいです」

不安はいつの間にか消えていた。でも羞恥《しゅうち》は消えない。

「可愛《かわい》いことを。あんまり煽《あお》らんでくれ」

まんざら冗談《じょうだん》でもなく、苦しそうに唸《うな》られて、驚《おどろ》いた。えっ、と相手の顔を見ようとした時、長い指が瑞春の肉襞《にくひだ》をこじ開けて入ってきた。

「あっ」

「痛いか？」

根元まで指を埋《う》めながら、淑英が瑞春の顔色を窺《うかが》う。ふるふると首を横に振《ふ》った。

「痛くは……あ、でも……あっ、あっ」

ゆっくりと指が出し入れされる。そのたびに、強く痺《しび》れるような快感が身体に沸《わ》き起こる。

淑英は抜《ぬ》き差しを繰《く》り返しながらも、瑞春をじっと見つめてその反応を窺っていたが、その目は熱を帯び、呼吸も次第《しだい》に浅く速くなっていくのがわかった。

甘い匂いが強くなる。太ももにこすりつけられる男根から先走りがこぼれ、瑞春の肌《はだ》を濡《ぬ》らした。

「しゅ……淑英様」

欲しい。そんな言葉が、頭に浮《う》かんだ。

声に出すのは恥ずかしく、また、自分から言っていいものかどうかもわからない。

自分の中の欲望《よくぼう》に戸惑いながら、潤《うる》んだ目で淑英を見上げる。淑英はそんな瑞春の眼差しを受け、息を詰《つ》めた。

「……入っていいか」

押し殺したような低い囁きに、何度もうなずく。窄《すぼ》まりから指が引き抜かれ、横抱《よこだ》きにされ、片足を淑英が抱《かか》え上げた。

ひたりと窄まりに熱くぬめった塊《かたまり》が押し付けられ、それがずぶずぶと中に入っていく。

「ああ……」

初めてのそれは、もっと大変な作業だと思っていたのに、太く逞しい男根を、瑞春のそこは柔《やわ》らかく飲み込んでいく。熱い楔《くさび》が肉襞を擦《こす》り上げ、目の眩むような感覚を呼び起こした。

「瑞春」

根元まで納めて、淑英が名前を呼んだ。身を捩《よじ》り喘《あえ》ぐ瑞春の顎《あご》を取り、口づける。舌先が柔らかな粘膜《ねんまく》を犯《おか》すのに、瑞春も舌を絡めて応《こた》えた。

ぴたりと一つに合わさる充足《じゅうそく》と、呼吸をするたびに沸き起こる快感に、えも言われぬ幸福を覚える。

もっと。もっと一つになりたい。近づきたい。理性ではない、本能が呼びかける。うなじがずくずくと甘く疼《うず》いた。

「瑞春。愛している」

熱い囁きが、瑞春の理性を溶《と》かす。私も、と答えようとしたが、それより早く律動が始まり、開いた喉の奥から嬌声《きょうせい》が上がった。

激しく腰《こし》を穿《うが》たれ、陽根が瑞春の最奥《さいおう》を突《つ》き上げる。

「あ……ぅ……淑英様ぁ……」

もっと、もっと強く。痛みさえ感じたい。

自分でも驚くような感情が沸き起こった。甘い匂いがさらに瑞春の本能を呼び覚ます。

瑞春は汗《あせ》に濡れた黒髪《くろかみ》をかき上げ、自ら白いうなじを相手の眼前に晒してみせた。後ろを穿つ陽根が、その時、大きく膨《ふく》らんだ気がする。

淑英は小さく瑞春の名を呼んだ。その声が瑞春の耳に届くと同時に、うなじに鈍《にぶ》い痛みが走る。淑英がそこに、牙《きば》を突き立てていた。

「あ……あっ」

淑英の牙を通して、瑞春のうなじから身体《からだ》へと、熱が注ぎ込まれる。身体が組み替《か》わるような、そんな錯覚《さっかく》を覚えた。……いや、錯覚ではないのかもしれない。

「瑞春、瑞春」

うなじから牙を離《はな》し、淑英は切なげに名を呼びながら瑞春の唇《くちびる》を吸った。瑞春もまた、それに応える。

二人の中で今、何かが変わった。互いに変わったことを、言葉にするまでもなくわかり合っている。

不思議な感覚の中、淑英は瑞春の身体から陽根を引き抜いた。瑞春と向かい合わせになると、互いの性器を合わせて擦り合う。

「ひ、あ……」

先ほどうなじを噛《か》んだ時の、超然《ちょうぜん》とした空気とは違《ちが》う、馴染《なじ》みのある羞恥と快楽が再び込み上げてきて、瑞春は淑英の身体に縋《すが》りついた。

「……っ」

やがて、熱い飛沫《ひまつ》を噴《ふ》き上げ、互いの腹を汚《よご》したのは、どちらが先だったか。

「瑞春。愛している。……私の番になってくれて、ありがとう」

まだ呼吸の整わない中、淑英が汗ばんだ腕《うで》でぎゅっと強く瑞春を抱《だ》きしめる。誠実なその声に、瑞春も胸が熱くなった。

言葉が見つからなくて、かわりに淑英の逞《たくま》しい胸に顔をうずめる。無言で抱き返すと、淑英も黙《だま》って腕の力を込めた。しばらくの間、二人は言葉もなく、口づけを繰り返した。

「この寝台《しんだい》は、二人では狭《せま》いな。もう少し大きいものに変えよう」

瑞春の身体を夜具で包みながら、淑英がつぶやく。

そうだ、これで終わりではない。これははじまりの夜なのだった。

これから何度もこんなことをするのかと思うと、恥《は》ずかしいような嬉《うれ》しいような、不思議な気分で、にまにましてしまう。

それがまた恥ずかしくて、瑞春は淑英の胸に顔をうずめた。淑英は子供をあやすような手つきで、ポンポンと瑞春の背中を叩《たた》く。

甘い匂いはいつの間にか消えていたが、幸せな気持ちは強くなる一方だった。

その夜は二人、狭い寝台の上で寄り添《そ》いながら、いつまでも抱き合っていた。

淑英と瑞春が番の契約《けいやく》を交《か》わしてから、さらに二月が経《た》った。

「香林書房」は相も変わらず、変人たちが仕事の合間に好き勝手なことを言っている。

勝手な者同士、たまに喧嘩《けんか》になったり、意見がぶつかることもあるけれど、それでもここは、アルファもベータもオメガも、生まれた身分も関係なく、自由で働きやすい場所だ。瑞春はこの頃《ごろ》つくづくと、そんなことを思う。

先日、子浩の刑《けい》が確定した。

彼の供述とアダムが新たに提出した資料によって、兵部《ひょうぶ》をはじめ複数の部にまたがった汚職《おしょく》が明らかになり、宮中では多数の逮捕《たいほ》者が出た。

さらに子浩の告白により、過去に遡《さかのぼ》って子浩の科挙試験での不正を知りながら、これを不問にした試験官も、然《しか》るべき処罰《しょばつ》を受けることになった。

結果として逮捕者はかなりの数に上り、一時は国中の話題となったようだ。

子浩には極刑《きょっけい》が下された。

彼は弱みを握《にぎ》られて操《あやつ》られただけだと、嘆願《たんがん》の声も上がったのだが、皇帝直轄《こうていちょっかつ》の侍従《じじゅう》を殺害しようとしたことや、そもそもの科挙試験の不正もあり、刑を覆《くつがえ》すことはできなかった。

瑞春も嘆願に加わったが、子浩の減刑を求め、誰《だれ》よりも力を尽《つ》くしたのは伯雲である。

彼は瑞春とアダムの殺人未遂《みすい》事件の後、子浩が自分を利用するために近づいたのだと知って、しばらくしょぼくれていた。

「子浩は気さくで、気持ちのいい男だった。年下の俺のことを立てて、時に兄のようにたしなめてくれた。ようやく友人ができたと思ったのだ」

刑が確定した直後、伯雲が打ち明けてくれた。

伯雲にも友達がいなかったんだな、と思いつつ、唯一《ゆいいつ》の友人に裏切られた時の気持ちは、いかほどであったかと考える。

伯雲はしばしば、子浩が収監《しゅうかん》されている牢《ろう》へ足を運んでいた。

最初のうち、子浩はなかなか面会に応じなかったそうだが、にもかかわらず、伯雲は根気よく通っていた。

最後には、子浩が郷里に残した妻子の面倒《めんどう》を見るという約束まで取り付けてきた。子浩にとってもそれだけは心残りであっただろうから、瑞春はこれを聞いて、伯雲という男を見直したものだ。

そうしたことがあったせいか、伯雲は、瑞春の運命の番《つがい》について、すっかり忘れていたようである。それどころではなかった、というのが正しいだろうか。

瑞春と顔を合わせても、以前のような敵愾心《てきがいしん》を向けることも、よくわからない照れを見せることもなく、淡々《たんたん》と事務的な会話をするのみだった。

おかげで瑞春は、彼に自分に番ができたことを告げるべきか迷っている。

淑英と番の契約をかわしたものの、互《たが》いの公的な立場は特に変わっていない。

そもそも瑞春はまだ、表向きはベータということになっているので、今後しばらくは上司と部下のままである。

「香林書房」の人たちにも、特に告げてはいなかった。言おうか言わぬべきか、うなじの痕《あと》を指摘《してき》されたらどうしよう……などと、瑞春は悩《なや》んでいたのだが、侍従たちは瑞春のうなじにほど興味を持たなかった。

いつも身に着けている首輪がいつの間にか、新しく簡素なものに変わったことも、気づいている人がどれだけいるだろうか。

「香林書房」の中ではっきりと、淑英と瑞春の関係を知っているのは、すっかり瑞春の主治医になった道津老人と、それからアダムだけだ。

アダムには、汚職の一件で頻繁《ひんぱん》に話す機会があったので、二人きりになったついでに打ち明けてみたのだ。

「運命の番？　よくわからないけど、すごいですねー」

と、明らかにどうでも良さそうな言葉が返ってきて、瑞春はがっくりと肩《かた》を落とした。

アダムといえば、兵部《ひょうぶ》の汚職を暴《あば》いた褒賞《ほうしょう》に、淑英から猫《ねこ》を飼うことを許可され、宮中で生まれた子猫をもらった。アダムの喜びようは、言及《げんきゅう》するまでもないだろう。

小さくて愛くるしい子猫は書房でも人気になり、アダムの執務《しつむ》室や住居には、毎日のように動物好きの侍従たちが遊びにくる。

隣《となり》の部屋の瑞春は、侍従たちのキャッキャと楽しそうな声が聞こえてくるので、ちょっと羨《うらや》ましい。自分も交ざりたくて、先日とうとう勇気を出して「私も猫を触《さわ》らせてください」とお願いして仲間に入れてもらった。

そんなふうに穏《おだ》やかに日々は過ぎていったが、ある日、瑞春は皇帝《こうてい》陛下から突然《とつぜん》の呼び出しを受けた。

陛下から直々に呼ばれるのは、「香林書房」の任命を受けた時以来だ。今回も何の先ぶれもなく呼び出されたので、瑞春は緊張《きんちょう》した。

宦官《かんがん》の案内で、一度だけ来たことのある陛下の執務室へ入る。部屋には淑英もいて、既視感《きしかん》があった。

「突然の呼び出しで、すまなかったな」

淑英によく似た、けれど彼よりいくぶん柔《やわ》らかな声だ。

「さあ、顔を上げてくれ。ちゃんと呼吸も忘れずにね」

いたずらっぽい声が言う。瑞春が顔を上げると、そこには優《やさ》しげな陛下の姿があった。

「元気そうでよかった。そなたの身には本当にいろいろあったので、心配していたのだ」

陛下が顔を見るなりそんなふうに気遣《きづか》ってくれたので、瑞春は涙《なみだ》が出そうになった。

（ああ……やっぱり尊い）

子供の頃《ころ》に会った相手は淑英だったとわかっているが、皇帝陛下への敬愛は変わらなかった。

陛下は瑞春にとって、崇拝《すうはい》すべき偶像《ぐうぞう》である。

「もったいないお言葉にございます」

顔を赤らめて陛下を見ると、陛下の隣で淑英が嫌《いや》そうに顔をしかめていた。また気持ち悪い、と思っているのだろうか。でも、尊いものは尊いのだから仕方がない。

陛下はもう慣れたのか、にっこりと笑うだけだった。

「汚職の件については、アダム・ホワイトの調査を手伝って、そなたもずいぶんと力を尽くしてくれたそうだな。おかげで関係者を迅速《じんそく》に逮捕することができた。礼を言う」

「……いえ。当然のことをしたまででございます」

汚職の話を聞いて、浮《う》かれていた気持ちが落ち着いた。

子浩が瑞春を襲《おそ》って逮捕された後、彼の供述を裏付けるべく、アダムが兵部の内部資料から汚職の証拠《しょうこ》を拾い出し、取りまとめた。瑞春もそれを手伝い、他《ほか》にもできる限りのことをしたつもりだ。

おかげで兵部の次長である兵部大夫《たいふ》以下、多くの逮捕者が出て、罪が白日の下《もと》に晒《さら》されることとなった。

しかし、すべてが暴かれたわけではない。兵部の長《おさ》である兵部卿《きょう》は何の咎《とが》めも受けず、今も悠然《ゆうぜん》と兵部にいる。恐《おそ》らく彼が黒幕であろうし、他にも咎めを受けていない者がいるだろう。大掛《おおが》かりな汚職の黒幕が、次長の兵部大夫でないことは明らかなのに、その証拠を見つけ出すことができなかった。

瑞春のあずかり知らぬところでは、皇帝陛下や淑英が、家臣たちと政治的な駆《か》け引きをしていただろう。陛下たちが手をこまねいていたとは思わない。

けれど、上から操られ翻弄《ほんろう》されただけで、何の利益も享受《きょうじゅ》できなかった子浩が死罪になり、汚職で私腹を肥やしていただろう家臣らがのうのうと生きているのが許せない。

事実をわかっていながら、何もできない自分の無力さが悔《くや》しかった。

「王子浩のことは残念だった。彼の処遇《しょぐう》について、そなたたちが納得《なっとく》していないのはわかる。黒幕にまで手が届かなかったことは、私も弟も悔しい思いをしている。だがね、雪瑞春。これで終わりではない。今回ははじめの一歩だ」

きっぱりとした声音《こわね》に、我知《われし》らずうつむいていた瑞春は顔を上げた。

「我々、人間の力とは小さなものだ。大河の流れをわずかな人たちが、ただちにせき止めることはできない。しかし、たくさんの人が集《つど》い、知恵《ちえ》を出し合えば、橋を架《か》けることも、堤《つつみ》を築くこともできよう。時間はかかるが、不可能ではない」

穏やかな声は、瑞春の胸に深く染《し》みた。

恐らく陛下は……そして淑英も、これまでに悔しい思いを何度もしてきたのだろう。その苦しみは、瑞春などの比ではないはずだ。

そしてだからこそ、「香林書房」を創設した。宮廷《きゅうてい》という大きな川の流れに対抗《たいこう》するために。

やはりこの方は、天子の器《うつわ》を持った方だ。瑞春は深く首《こうべ》を垂れた。

「仰《おっしゃ》る通りです。私も川の流れを変える小石の一片《いっぺん》となるべく、これからも陛下にお仕えいたしたく存じます」

瑞春が言うと、陛下は「そうか」とわずかに考え込む素振《そぶ》りをした。

「では、この先も侍従長《じじゅう》として、『香林書房』に骨身をうずめる覚悟《かくご》はあるかな？」

「陛下にお許しいただけるのであれば」

力強い返事に、陛下からはふうっとため息が返ってくる。何かまずいことを言っただろうか。

瑞春が恐る恐る顔を上げると、陛下は肩をすくめて淑英を見た。

「なるほど。淑英の言う通りだな」

淑英は黙《だま》っていたが、「そうでしょう？」というように笑いを含《ふく》んだ目配せを兄に送っている。

「いや、実は最近、私の弟に運命の番が見つかったと聞いてね」

陛下は言うと、いたずらっぽい笑《え》みを浮かべた。机に肘《ひじ》をついてその上に顎《あご》を乗せる。いつもの厳《おごそ》かな雰囲気《ふんいき》とは違《ちが》い、ずいぶんと砕《くだ》けていて楽しそうだ。

「弟が初恋《はつこい》の相手をずっと探していたのは知っていたから、私も嬉《うれ》しくてね。正式に妃《きさき》にしようと言ったんだ。でも弟は、今は必要ないという。相手は、屋敷《やしき》の奥深くにしまいこまれるのを望んでいないと」

瑞春はうなずいた。その通りだ。この先も、淑英の番として、部下として共にあることを望んだ。

「そうは言っても、普通《ふつう》は番になったら、夫婦《ふうふ》になることを望むものだろう？　相手が遠慮《えんりょ》をしているのではないかと、心配になったんだ」

だから今、瑞春の意志を尋《たず》ねたということか。

「遠慮ではございません。淑英殿下《でんか》の仰る通り、私はこれからも『香斎侍従』として、淑英殿下と共に皇帝陛下にお仕えしたいのです」

淑英が陛下を支えるように、瑞春も淑英を支えたい。大した力にならないかもしれないが、自分のことを二の次にしてでも働き続ける淑英を見てきて、そう思った。

愛する人と共に、尊敬する陛下に仕える。瑞春にとってはそれが、皇弟《こうてい》の妃になるよりも幸せなことなのだ。

むしろ、淑英の妃になって「香林書房」をクビになるのだとしたら、全力で回避《かいひ》したい。

書房が自分の居場所だと、瑞春は思っている。

「なるほど。そなたの気持ちはわかった。そういうことなら、無理に妃にとは言わない」

陛下がそう言ったので、ホッとした。

「まあ実を言えば、雪を妃にするのは手続き上、かなりの力業《ちからわざ》が必要でね。こちらとしても、そう言ってもらえて助かる、というのが本音だ」

瑞春はいまだ公《おおやけ》には、ベータの「状元」なのだ。それがオメガで、皇弟の妃に、ということになると、瑞春の科挙試験の正否から問うことになり、いろいろとややこしい。子浩の不正事件があった直後だから、なおさらだ。

表向きは今まで通り、というのがもっとも穏便《おんびん》で、誰《だれ》にとっても都合がいいのだった。

「とはいえ、弟に番《つがい》ができたのはめでたいことだ。二人に祝いの品を贈《おく》りたいのだが、受け取ってもらえるかな？」

これは淑英にとっても初耳だったようで、驚《おどろ》いたように目を見開いていた。

陛下が側仕《そばづか》えに一声かけると、控《ひか》えていた宦官がすぐに、恭《うやうや》しく絹の布包みを掲《かか》げてやってきた。最初から準備していたらしい。

陛下は席を立つと、淑英と瑞春を並ばせて、二人の前に立った。宦官から受け取った布包みを二人に差し出す。開いた包みの中には、腕輪《うでわ》が二つ。

同じ色の玉石でできていて、大きさだけ少し違う。

「揃《そろ》いで作らせたものだ。淑英。雪に着けてあげなさい」

瑞春と一緒《いっしょ》に、じっと腕輪を見つめていた淑英は、兄に言われて弾《はじ》かれたように顔を上げた。戸惑《とまど》いつつ、小さい方の腕輪を取って、瑞春の腕にはめる。陛下が「雪は淑英に」と言って、瑞春も大きい方の腕輪を淑英にはめた。

「これでそなたらは、正式な夫婦となった。私が立会人だ」

陛下はにっこりと微笑《ほほえ》む。夫婦だと公にできない二人のための、粋《いき》な計らいだった。

これには淑英も、じわりと目元を滲《にじ》ませた。

「兄上、ありがとうございます」

「ありがたき……ありがたき幸せにございますっ。これは我が一族の家宝に致《いた》します！」

「いや、普通に身に着けておくれ」

感激してとんちんかんなことを言う瑞春に、淑英が隣《となり》でため息をつき、陛下はいつものように、にっこりと微笑んだ。


「お前、私が首輪をやった時より、喜んでいないか？」

内宮の小道を歩きながら、淑英がブツブツ言っている。それでも兄からもらった腕輪は嬉しかったようで、左手にはめられた玉石を右手でくるくる回していた。

陛下の執務《しつむ》室を退出して、今は二人で書房の方へと歩いている。

書房に着いたら、どちらも仕事が待っている。歩みは自然と遅《おそ》くなった。

「そんなことありませんよ。淑英様から首輪をいただいた時はまだ、驚きのほうが大きかっただけで。でも、はぁ～、やはり陛下は素晴《すば》らしい方ですね」

うっとりする瑞春に、淑英は一瞬《いっしゅん》だけ嫌そうな顔をしたが、すぐニヤリと笑った。

「では次の『御手印』作成も手伝わせてやろう」

「そのことなんですけど。私、さっき新しい商品を閃《ひらめ》いちゃったんですよね。今度は『御手印』みたいなニセ商品じゃなく、ちゃんと陛下の商品です。陛下のお手も煩《わずら》わせません」

「ニセとは失礼だな」

昼間の二人は、今もこんな感じだ。番になる以前と変わらない。上司と部下、でもわりと言いたいことを言い合っている。

淑英は忙《いそが》しい合間を縫《ぬ》って時おり、瑞春を自分の宮の離《はな》れに呼ぶ。侍従長が一晩、書房を留守にするその時だけ、二人は伴侶《はんりょ》となる。

ぴったりと寄り添《そ》い合う甘やかなその時間は、愛《いと》おしくかけがえのないものだけど、昼間、こうしてポンポンと物を言い合っている時間だって、そう捨てたものではない。

憎《にく》まれ口を叩《たた》いている時さえ、お互《たが》いがお互いを見つめる眼差《まなざ》しは、愛に満ちているから。

「まあいい。新しい案について聞かせてもらおうか。書房だと横から雑事が入るから、そこの東屋《あずまや》で茶を飲みながら話すのはどうだ？」

淑英がいたずらっぽく目配せをするのに、瑞春も思わず笑みがこぼれた。

「いいですね。陛下の前で緊張《きんちょう》をしていたので、喉《のど》が渇《かわ》いていたんです」

今日も仕事が忙しい。でももう少し、このままでいたい。

二人は小道を逸《そ》れ、明るい真昼の陽射《ひざ》しの降り注ぐ中、池のほとりの東屋へと歩き出した。

アルファ皇子の閨《ねや》のつぶやき

十三年前、新皇帝《こうてい》の即位式《そくいしき》とその巡行《じゅんこう》に兄の身代わりとして立った時、淑英《しゅくえい》は本当は、怖《こわ》くてたまらなかった。

もし自分が影武者《かげむしゃ》だとバレたら、自分も兄も身の破滅《はめつ》だ。

巡行を無事に終え、再び皇宮に戻《もど》って来られるのか、輿《こし》に乗り街を練り歩く間も、緊張《きんちょう》と恐怖《きょうふ》の中にいた。

そんな時、あの子供に出会ったのだ。

「天子様っ、バンザーイッ！」

ぴょんぴょんと飛び跳《は》ねて、あろうことか淑英の輿を引く馬の前に転がった。

おかしいやら、震《ふる》える彼が気の毒やらで、それまでの恐怖と緊張が薄《うす》れた。子供を狼藉者《ろうぜき》だと捕《つか》まえようとする兵士を淑英がなだめると、その子はまるで、神でも崇《あが》めるようにひたむきな目で淑英を見上げたものだ。

その時の、キラキラした宝石のような瞳《ひとみ》に我知らず見惚《みと》れた。おかしくて、心温まる思い出は淑英の宝物になり、その子供の美しい瞳がいつまでも忘れられなかった。

もう一度、彼に会いたい。会って、その瞳に自分を映してほしい。

どうしてここまでその子供を切望するのか、自分でも戸惑《とまど》うほどだった。

「もしかするとその子供は、殿下《でんか》の運命の番《つがい》かもしれませんよ」

と言ったのは、妃《きさき》の思流《しりゅう》だった。当時はまだ妃ではなくて、ただの幼馴染《おさななじ》みの親戚《しんせき》だったが、淑英が繰《く》り返し、一目会った子供の話をするのを聞いて、そんなことを言ったのだ。

「私も運命の相手に出会った時は、ずっとその方のことばかり考えて、片時も頭から離《はな》れませんでしたから。相手のお顔が、誰《だれ》よりも美しく見えました」

運命の番。確かにどんなに美しいオメガより、あの子供のほうが魅力的《みりょく》に見えた。まだほんの子供だったのに。

もう一度、どうしても会いたくて、人に頼《たの》んで街を探させたこともあった。けれど二度とは会えず、十数年の時が経《た》った。

再会できたのは、奇跡《きせき》だ。雪瑞春《せつずいしゅん》、ベータの「状元《じょうげん》」。

遠目で見たことは何度かあったが、間近で会ったのは兄の執務《しつむ》室、「嘉正宮《がせいきゅう》」でのことだ。

キラキラとした美しく黒い瞳が、あの時の子供を連想させた。

もしかして……と期待し、すぐに現実を思い出し、落胆《らくたん》する。瑞春はベータだ。そして、事前に取り寄せた戸籍《こせき》によれば、生まれも育ちも夏京《かけい》とあった。彼があの子供であるはずがない。

瑞春は見惚れるほど美しかったが、そう感じることは特別なことではない。彼は「雪佳人《せつかじん》」と呼ばれ、その美貌《びぼう》は巷《ちまた》にもよく知られていた。

ついつい瑞春に目が引き寄せられてしまうのも、ただ単に彼の顔の造作が整っているからだ。

このベータの男はただの部下で、口が達者でいけ好かない、淑英の嫌《きら》いな進士《しんし》である。おまけに、皇帝陛下の熱烈《ねつれつ》な「追っかけ」で、陛下を前にすると真っ赤になってハァハァと息を荒《あら》げたりする、変態である。

せいぜいこき使ってやろうと、そんなことさえ考えていた。

今思うと、部下を相手にそんなにムキになるところからして、もういつもの自分ではなかったのだが。

「はぁ～」

隣《となり》で寝《ね》ていたはずの瑞春が突然《とつぜん》、悩《なや》ましい声を上げたので、物思いにふけっていた淑英は思わずビクッとした。

起きたのかと思ったが、ただの寝言《ねごと》だったらしい。幸せそうな顔で、ムニャムニャ口元を動かしている。

「…………」

そんな恋人《こいびと》の寝顔《ねがお》を眺《なが》めて、可愛《かわい》いな、などと思ってしまった。普段《ふだん》の瑞春は無表情で冷たく見えるけれど、こうして無防備に寝ている姿は存外にあどけない。

ベータだと思っていた瑞春はオメガで、即位式で出会った子供だった。彼が、淑英の運命の相手だったのだ。

瑞春と出会って深く彼を知るうちに、次第《しだい》に彼に惹《ひ》かれるようになった。頭がいいくせに鈍《どん》臭《くさ》くて、要領がいいかと思うと不器用だ。ツンと澄《す》ましているように見えて、熱血漢だったりする。惹かれるなというのが無理なのだ。

「はぁぁ～……」

何の夢を見ているのか、またもや瑞春が悩ましげな声を上げる。身じろぎした拍子《ひょうし》に、掛《か》けていた布団《ふとん》が滑《すべ》り、白く滑《なめ》らかな肩《かた》が剝《む》き出《だ》しになった。

首筋や肩口《かたぐち》には、淑英がつけた情交の痕《あと》がいくつも散っている。仕事では毎日のように顔を合わせている二人だが、こうして泊《と》まりがけで逢《あ》える機会は少ない。

恋仲《こいなか》になってまだ間もないというのに、瑞春が淑英の宮に泊まるのは久しぶりだったので、つい激しくしてしまった。

さんざんその身体《からだ》を貪《むさぼ》ったのに、艶《なま》めいた瑞春の素肌《すはだ》を見ると、また欲しくなってしまう。

「困ったものだな」

そんな自分に苦笑《くしょう》しつつ、淑英は瑞春の肌《はだ》に唇《くちびる》を落とした。流れる黒髪《くろかみ》を優《やさ》しく払《はら》うと、真っ白なうなじに薄桃色《うすももいろ》の噛《か》み痕が見える。

淑英が噛んだ、番の契約《けいやく》の印だ。普段は淑英が贈《おく》ったオメガ用の首輪に隠《かく》されている。二人きりで睦《むつ》み合う時にだけ、その印が露《あら》わになるのだ。

劣情《れつじょう》と愛《いと》しさが同時に込み上げてきて、淑英は瑞春の唇を食《は》んだ。甘く柔《やわ》らかな唇を堪能《たんのう》していると、眠《ねむ》れる恋人はうっとりとそれに応《こた》える。いったい、何の夢を見ているのだろう。

「はぁ～尊い」

（こいつ……）

皇帝陛下の夢を見ているな、と直感的に思い、淑英はムッとした。瑞春はよく、陛下のことを尊い尊いと言うのだ。

恋人と寝ているのに、他《ほか》の男の夢を見るとは。腹が立ったので、鼻をつまんでやった。

「ふ……んがもがっ」

苦しそうにもがいて、目を開ける。きらきらしい双眸《そうぼう》が、目の前の淑英を捉《とら》えた。

「淑英、様？」

いたずらをして怒《おこ》られるかな、と思ったのに、彼はふにゃ、とあどけなく笑った。

「淑英様の『御手印《ごしゅいん》』……三部ください」

「瑞春？」

「へへっ、鑑賞《かんしょう》用と保存用……あと、布教用です」

照れたような、でもひどく嬉《うれ》しそうな笑顔《えがお》だった。

「……っ」

心臓を射貫《いぬ》かれたような衝撃《しょうげき》を感じた。

いったい何の寝言だ。いや、何にしても可愛い。とにかく可愛い。

「ああ、何部でもくれてやる」

よくわからないまま答えて、淑英は瑞春の身体に覆《おお》いかぶさった。恋人のあらゆる場所に口づけを落とし、夜具の下の素肌をまさぐる。

「ん……え、あれっ、淑英様っ？」

そこでようやく、瑞春は目を覚ました。臨戦態勢の淑英を見て、びっくりしている。

「寝言で悩ましげに名を呼ばれたのだが。いったい、何の夢を見ていたのかな？」

「夢……あ」

意地悪く言うと、瑞春は自分が見ていた夢を思い出し、かあっと顔を紅潮《こうちょう》させた。

彼は陛下の夢ではなく、淑英の夢を見ていたらしい。

恥《は》ずかしそうにする瑞春が可愛くて愛しくて、淑英はたまらなくなった。

「私もお前の存在を、尊いと思うぞ」

瑞春のことを考えると、胸がいっぱいになる、この気持ち。尊くて、ずっと大切にしようと思う。

「な、何を言ってるんです、もう」

赤くなって顔をうつむける恋人を、淑英は強く抱《だ》きしめた。

「言葉にならないくらい、愛しているということだ」

夜明けまでまだもう少し、時間がある。それから二人は、東の空が白むまで睦み合い、幸せな時間を過ごした。

あとがき

こんにちは、はじめまして。小中大豆《こなかだいず》と申します。

以前も中華《ちゅうか》オメガバースを出させていただきましたが、今回は同じ中華風《ちゅうかふう》ながら、別の世界のお話になります。

宮廷《きゅうてい》の服飾《ふくしょく》などは、清《しん》王朝のものが好きなのですが、前作と別世界ということで、イラストは着物風の漢服にしていただきました。こちらも素敵《すてき》ですよね。

イラストは今回も二駒《にこま》レイム先生にご担当いただきました。もうラフの段階から、しっとりした素敵な世界が出来上がっていて、大興奮してしまいました。

二駒先生、ありがとうございました。いつもご迷惑《めいわく》をおかけしてすみません。

そして担当様も……今回も多大なご迷惑とご苦労をおかけしました。もはやこの言葉も白々しくなっているのですが、見捨てずに面倒《めんどう》をみていただいたおかげで、またこうして無事に本が出せました。ありがとうございます。

これを書いている現在、日本ばかりか世界中が未曽有《みぞう》の危機にありまして、いろいろと不安は尽《つ》きないのですが、せめて物語の中だけは、そんな不安を忘れられればいいなと思っております。

最後になりましたが、この本を読んでくださった読者様、ありがとうございました。

何かと生活が不自由な現在でも、本を読んでくださる方々がいて、改めて読者様の存在をありがたく感じています。

今回の物語も、少しでも楽しんでいただけたら幸いです。

それではまた、どこかでお会いできますように。

小中大豆

アルファ皇子《おうじ》の宮中《きゅうちゅう》秘恋《ひれん》
小中大豆《こなかだいず》

角川ルビー文庫　22153

2020年7月1日　初版発行

発行者――三坂泰二
発　行――株式会社KADOKAWA
〒102-8177　東京都千代田区富士見2-13-3
電話 0570-002-301（ナビダイヤル）

印刷所――株式会社暁印刷
製本所――株式会社ビルディング・ブックセンター
装幀者――鈴木洋介

●お問い合わせ
https://www.kadokawa.co.jp/（「お問い合わせ」へお進みください）
※内容によっては、お答えできない場合があります。
※サポートは日本国内のみとさせていただきます。
※Japanese text only

ISBN978-4-04-109550-8　C0193　定価はカバーに表示してあります。